無界之地

沙漠有多遼闊，他們的心就有多荒涼。

Lost Borders

short stories

著——瑪麗・奧斯汀 Mary Austin
譯——馬永波、楊于軍

好評推薦

伊格言（小說家）

李偉文（牙醫師、作家、環保志工）

杜虹（作家）

夏曼・藍波安（世界島嶼作家）

郝譽翔（作家、國立台北教育大學語創系教授）

（以上依姓氏筆畫排序）

對於住在背山面海，潮濕多雨的台灣民眾來說，很難理解沙漠中的真實生活。因為我們想像的來源，不是國家地理頻道中有趣迷人的沙漠生態，就是觀光旅遊圖片中呈現的壯闊美麗，要不然就是美國西部片那充斥亡命之徒的法外之地。

《無界之地》讓我們能從住在沙漠裡的一個女性的眼光看進這片遼闊的土地，在這極端的環境中呈現出人類與這塊土地的關係，也是剝去文明外衣後，用最真實的溫度重新認識人類，我們這個也是同樣屬於大地的物種。

——李偉文（牙醫師、作家、環保志工）

瑪麗·奧斯汀是詩人、先行者。

——泰莉·坦貝斯特·威廉斯（Terry Tempest Williams）
（美國知名自然文學作家、《沙鷗飛處》作者）

《無界之地》強調土地、種族的「他者」、多元故事的關連，與單一性質、單一歷史觀的敘事形成對比。

——凱特琳·德祖爾（Kathryn DeZur）
（美國紐約州立大學德里學院教授）

在那個法律與地標失去作用的所在，
渺小人類的靈魂逸出身體，
宛如滲出木桶的水滴，慢慢消散在沒有邊界的地方。

在那個良知界線瓦解的所在，沒有常規，
人的言行只為了滿足欲望，其他的一切幾乎無關緊要。

在那個靈魂和感覺的界線像沙暴中的痕跡般模糊的所在，
我目睹了連我自己都不相信的事。

當派尤特人[1]向西穿過內華達山的屏障時，他們迫使休松尼人[2]的殘餘勢力陷於孤立，不得不向南遷徙到死亡谷（Death Valley）和莫哈維沙漠邊緣。他們也將瓦紹人[3]圍困於太浩湖（Tahoe）四周，然後在兩者之間來去自如，在融雪匯集的內華達溪谷建立自己的領地。他們確實適合這麼做，因為他們的族名源自於「派哈」（Pah），意思就是水，和他們位於「大盆地」[4]的兄弟族人——猶特人[5]——不同。

最後，他們越過科恩河（Kern River）和金斯河（Kings River）穿過的峽谷，占領了所有聖華金（San Joaquin）東部坡地，但以小型氏族和家族群體為基礎，定居在山艾樹取代松樹之處，以及內華達山斷層上的沙漠。他們和在東北部毗鄰的猶特人聯手，與南部部落一起橫掃了大部分神祕、荒蕪之地，接下來你會聽到的故事就和這些地區有關。

部落之間和部落氏族之間根據自然的地標明確劃定界限，例如山峰、山頂、溪澗，以及從內華達山腳下開始向東不斷綿延的水潭湖泊。從那裡朝任何方向走，在一星期路程的範圍內全都是不適合居住的地方。邊界原本應當延伸到科羅拉多峽谷，卻無端消失在沙地和糾結混亂的山脈之間。印第安人為這個國度取了非常有意義的名字——「無界之地」。印第安人的命名方式簡潔有力，而且向來信實，因為它們幾乎如實描繪出當地樣貌。

不過，這個名字的意義不僅於此。因為法律的效力僅僅依附於地理邊界，不會逾越；它緊貼著地標，就像帽貝附著在岩石峭壁上一樣。我相信大多數人制定法律是為了安全感，是為了自己而訂。他們像盲目的蟲子般推擠前行，對抗種種限制，像攀援植物攀附周遭溫暖牆壁般尋求安全感。他們為了確保自己神智清明，用許多法規來自我約束，並且形成小團體。

在那個法律與地標失去作用的所在，渺小人類的靈魂逸出身體，宛如滲出木桶的水滴，慢慢消散在沒有邊界的地方。

1 派尤特人（Paiute），美國原住民，主要分布於加州、內華達、亞利桑納及猶他等州。
2 休松尼人（Shoshone），美國原住民，主要分布於加州、內華達、猶他、愛達荷、懷俄明等州。
3 瓦紹人（Washoe），美國原住民，如今聚居於加州太浩湖附近。
4 大盆地（Great Basin），四周為內華達山脈、瓦薩奇山脈、莫哈維沙漠、哥倫比亞高原環繞。
5 猶特人（Ute），美國原住民，主要分布於科羅拉多、猶他等州。

在那個良知界線瓦解的所在，沒有常規，人的言行只為了滿足欲望，其他的一切幾乎無關緊要。確實如此，儘管我很難讓你相信。

在那裡，在那個靈魂和感覺的界線像沙暴中的痕跡般模糊的所在，我目睹了連我自己都不相信的事。那正是你在那個地名具有意義的國度可能會見到的，例如「處女之胸」（Ubehebe, 阿比赫比）、「水源之地」（Pharanagat, 法蘭納格山）、安息泉（Resting Springs）、亡者之谷（Dead Man's Gulch）、喪禮山（Funeral Mountains）。這些地名召喚、誘惑著你。它們向來具有的強烈真實氛圍，就像附近失火時刺痛你雙眼的濃煙。

沿著已知的路徑前進，感官因周遭巨大且虛無的單調而迷惑。一望無際的白色鹽鹼灘令人目眩；方山地形遺世而獨立；小得可憐的裸露灌木叢稀稀疏疏，其間躥出貧瘠的山脊；幽黑的松樹群高聳於光禿的山頂——日復一日，大自然彷彿以某種神祕的方式讓你無法看清她的真實面貌。

你可能這樣持續旅行好幾個星期，卻無法到達任何地方，無法看見任何人煙，或闖進他們群聚的所在，看看他們，和他們一起推推搡搡、開懷暢飲、尋歡作樂。屬於那個國度的每一個故事，都帶著當地生活方式的色彩，漫長黯沉的路途在這裡暫時中止，短暫出現的熱情，就像從炎熱荒蕪低處升起的花崗岩山脊，在白雪堆積的彎道之間閃爍著蛋白石般的光影。

在地界之外的，是叫做「顫抖的沙丘」（Shivering Dunes）的地方，以及宛如箱籠般的峽谷。沙丘那令人目眩的起伏沙堆在風中蠕動著，漂移著，變動著，隱約發出沙沙的磨擦聲；刻畫在峽谷四周黑色壁面的象形文字屬於某個被人遺忘的民族，在正午時分看起來宛如星光。

那裡有湖泊，湖水清澈，像冰一般晶瑩透明，封固的純鹽晶體深度大約有一人高。高個子湯姆．巴希特從某個目擊者那裡聽來了幾個故事，並且告訴我其中一個。

有一群移民在漫長、空曠的荒涼谷地裡艱苦前行，經過沒有水源的山脈，來到像這樣的閉塞鹽鹼窪地。他們不想花那麼多時間繞過它，認為鹽層表面足以支撐他們破爛的馬車和瘦弱的隊員。然而，當他們來到湖中央，鹽層突然變薄，走在前面的人陷了進去，身體被困在鹽層底下，很多人無法爬上來，其中有一個是女人。

多年之後，目擊者又回到那個地點。在那之前，由於接連經過幾個熱氣蒸騰的夏天，整個湖面結成了鹽塊。目擊者告訴湯姆，他遠遠就看見那個女人的裙子的紅色亮光，等到他終於來到女子身旁時，看見側著身子倒下的她被封在晶體裡，隨著冰上升，出現在阻塞的水流之中。

高個子湯姆一直想讓我寫個故事。有一次，我的確在晚餐時答應了，但從來沒有完成。當蠟燭開始燃燒他們的影子，酒杯的紅色光影映照在布上，白色的、傲慢的肩膀，和禮貌的、輕信的臉龐，在煙霧中湊近了，這時，誇飾不實的聲音隨之出現。後來，我偶然看到一些記錄了那群移民和那起事件的證據，但不再試圖講述它。

於是，在那之後我開始記下邊境居民的感覺和想法；因為這樣你在自己心裡就有一個標準。不過，如果我打算講述羅林真正發生了什麼事，還有那些沉入沙之山（Sand Mountain）下發出悲鳴的鹽湖裡的人又發生了什麼事，我不會強迫你相信。

奇怪的是，在那個國度，你可以讓任何人相信任何有關金子的故事，例如漁人峰（Fisherman's Peak）失蹤的礦藏，還有野玫瑰公爵（Duke o'Wild Rose）。年輕的伍丁拿給我一片陶罐碎片，那是一個休松尼廚娘留下來的。很久以前，它可能是那些像約伯一樣的人親自挖掘出來的陶罐之一，不過它綴滿點點色彩和細碎的純金，這些金粒來自從河床挖來的沙土。

他說：「總有一天你會知道和它有關的故事。」

當時的我，正因為無法讓自己相信一些基本事實而痛苦，例如角蟾蜍沒有毒，印第安人確實充滿同情心。

我說：「不只這樣，我想寫個故事。」

我們在桑椹樹下坐了一個下午，確認我們的故事是否生動、真實。地景在閃爍的熱浪中逐漸消失。故事中有一個印第安女人，她並不漂亮——她們在現實生活中大多是那樣——當然，還有陶罐，以及布滿珍貴沙粒但已消失的河床。我的朋友後來去科索（Coso）申請居住土地所有權，我朝北去了紫果冷杉湖區，我們經常隨口提起金罐的故事。一天夜裡，我講完故事後，營火旁一個陌生人說，這在他們那裡眾所周知。我問：「你指的是哪裡？」

「科索。」他說，那是我第一次聽到我朋友的消息。

第二年冬天，在孤松（Lone Pine），來自帕那米特（Panamint-way）的探礦人想知道，我是否聽說過在法朗普（Pharump）附近消失的印第安陶罐礦（Indian-pot Mine）。我說我有一塊陶片，並拿給他看。後來我為一家在營地和礦工駐紮地之間傳閱的雜誌寫了一篇故事，好幾個男人費了很多力氣向我解釋，我的版本有哪些部分和山裡普遍接受的不同。這時你知道，連我自己也開始相信這個故事了。

儘管如此，當田納西告訴我，他碰巧認識故事中那個印第安女人，還有，他打算在冬天結束前去「漫遊」，探索一些消失的河流時，我的內心還是一陣抽搐。不過春天還沒到他就死了，我也不再需要告解懺悔。現在需要的，就是有人發現另一片點綴著金子的陶罐碎片，讓故事能確實發生在沙漠傳說之中。它像「瞄準器」[6]（Gunsight）一樣有充足的事實依據，比「布萊福格」（Bryfogle）更有趣——以一個死者的發現開場，他像大多數沙漠死屍一樣赤身裸體，風化的手中緊握著一袋金塊。

最重要的是，不要輕信任何說自己非常了解無界之地這個國度的人。很多人在證明此地之危險的過程中喪失了性命。現在有了指標和熟悉的水潭，穿過這個地區的大多數地點是有可能了，但最神祕的部分依然封閉，無人能抵達，頂多只有一些誤闖的印第安人、牧羊人或尋找金礦的探礦者知道，但他們對它的描述不會被列入地理調查報告。不過，炫耀知識很容易被證明和叫做「死亡谷蘋果」的黃色葫蘆瓜一樣空洞。

純粹的荒漠緊鄰著狹長的山谷窪地和不規則的乾涸河床。每座高聳入雲的山上都有些樹木，鹿和大角羊以大石間的高大草叢為食。那一年，來自全國的探礦人像突然湧入的蜂群般接踵來到圖諾帕（Tonopah）。印第安人帶口信給我，在熱河（Hot Creek）和阿瑪古薩山（Armagosa）之間，因為人們紮營時距離水潭太近，導致大角羊渴死在山岬上，牠們垂死之前，頭部總是朝著

6 參見第六十二頁。

遭人類侵犯的泉水的方向。

在無界之地的國度裡找不到水源時，那是很好的指標：在牛羊倒下的地方，無論牠們已成為骨骸或乾屍，頭部幾乎一律朝向可能會有水潭的方向。只不過，這樣的提示並無法阻止人們上路。我相信，這主要是因為在人類大腦中，死亡與美麗以不可思議的方式並存。就像男人總輕易相信漂亮的女人大多是冷酷無情的一樣，輕柔的蛋白石迷霧會不會出賣你？藍色山脈上的虛幻深淵、點綴其間的炫麗風蝕山崗、遠處消融於山頂的日暮紅光，或因天鵝絨般紫色薄暮掩映而變冷的山峰，還有群星，它們是否會背叛你？

請記得，因為依隨身體力量的生命脈動和節奏而進入沙漠、毫無緣由地愛上它、放下一切野心、擺脫舊習、忽視家人的，大多數是男人。他們的女人像憎恨那土地般莫名地憎恨生活；那土地微微泛白的棕色無窮盡地延伸，四周圍繞著灰暗陰霾的藍色山丘，邊緣潛藏著如海市蜃樓般若隱若現的蒼白水影。曾經，在艾迪翁達泉（Agua Hedionda）有一個女人——不過說了你也不會相信的。

如果這個沙漠是個女人，我很清楚她的模樣：胸部高聳，臀部寬厚，膚色黃褐，頭髮也是黃褐色的，蓬鬆濃密，順著完美的曲線滑下；她的嘴唇像斯芬克斯般豐滿，但眼皮沒那麼沉重；她的眼神靜定，如空中發亮的珠寶。這樣的容顏，應該會讓男人願意服侍她而不帶私欲；她寬容的心，應該會讓他們的原罪消失。她充滿渴望，但不是一無所有；她堅忍包容，但不輕易動心——不，即使你獻出所有土地，她也無動於衷，絲毫不會逾越自己的欲望。如果你深深切開帶有這片土地痕跡的靈魂，就會看見像這樣的特質——我現在就可以向你證明。

米涅塔的噩運

他離開時，用盡所有力氣，痛快淋漓地詛咒著米涅塔。
聽見霍根詛咒的人堅稱，就是他的詛咒帶來米涅塔的噩運。

事實上，它的源頭是霍根拿給臥病的安東的那份假報告。
這個被判有罪的人肆無忌憚地詛咒一切、撇清自己的惡劣行徑，
反而揭發了親手犯下的罪行。

所有從孤松延伸而出的小徑都先向東南蜿蜒，然後又轉向東，除非你夠敏感，否則很難發現這些曾經出過事的地方。在這樣的地方，你對礦區會產生先入為主的看法；在這樣的地方，貪婪、憎恨、欲望等危險本質就像過去一樣，它們怎麼被引發，就怎麼被吸納於房屋、土地或石頭之中，為擁有者帶來傷害。

在人類尚未馴服的新土地，這種情況很普遍。在這些地方，命運的作用隨處可見。曼紐爾．德．博巴把用來殺死瑪麗安娜的刀送給納西斯．都普林，但遭到拒絕；熟知米涅塔噩運的礦工，也不願和那裡有任何關係。

米涅塔位於科索的紅色山腰上，毫無遮蔽地暴露在狂放的陽光之下。一條崩塌的隧道，一座廢棄的冶煉爐，一排在白骨似的峭壁之間被曬得變形的房屋，在那樣的時日，沒有人會想來這裡。

安東不知是什麼時候發現這裡的，也沒有人知道他的另一個名字。在帕納米特開始出現礦區營地後，人們稱他達奇，因此可以推測安東可能是德國人、瑞典人、挪威人、丹麥人，甚或是荷蘭人。他是個外國人，來到山區後病得很重，離開時病得更重。

他在三星期的探勘期間發現了礦脈，回到傑克．霍根的小木屋時，得意洋洋，口袋裡裝滿礦石，但身無分文，筋疲力盡。

他把一切都告訴了霍根。他一直說到深夜，瓶子裡的蠟燭閃耀著，閃亮的礦石樣本散布在兩人之間的桌上。礦石紮實而不起眼，但看起來像帶著豐富的油脂。安東因劇烈咳嗽而難受，不過懷抱著事業有成的期待。後來他躺在床上發燒，語無倫次，接著陷入昏迷。三天後，他無法起身，於是請霍根去分析礦樣，並把報告帶回來給他。

對滿懷期待的安東來說，報告中顯示的礦含量非常低，因此，一個星期後，厭惡了骯髒小屋和糟糕的食物、感覺死亡迫在眉睫、一心想回家的他，接受了霍根給他的二百元，出讓了他所有的權利和利潤。霍根體貼地送他搭上莫哈維的驛車，隨後立即召集人馬，前往一處有白色高崖的溪谷。那裡的礦石紮實不起眼，但看起來像帶著豐富的油脂。不到一個月，不僅是帕納米特和科索，連遠在北部的塞羅果多（Cero Gordo），人人都知道霍根在米涅塔走了運。

很久以後，霍根滿懷憤怒而喝醉，一邊詛咒米涅塔——他的卑鄙讓他的詛咒更加惡毒——一邊說，金礦分析師安東臥病時把礦石全交給他，並且讚歎那裡的礦藏之豐富，他則在舞廳傳出喧嘩歌聲時，穿過燈影投映的漫長街道，走進微弱而邪惡爐火閃爍的冶煉室，用計調包了安東的樣本，成功完成報告，並用些許酬金買下所有權利。在詛咒人們把他趕出米涅塔時，霍根說，他就是那樣的人；如果他是癩蛤蟆，他會噴射毒液，而且不允許別人把他踩在腳下。那時他想必為自己的詭計洋洋得意。

霍根創辦一個股份公司開採礦石，還建了一座熔爐，開始暴富起來。一群驢子搖搖晃晃地來回送水，十八頭騾子拉著貨車，在黃色灰塵中運送補給。騷動不安的女人穿著有荷葉邊的衣服，在白色懸崖下歪斜的小屋裡梳妝打扮，她們是這座營地繁榮興旺的最好證明。

經營採礦股份公司不是人人都能成功。霍根期望米涅塔歸自己所有，也提供物資、設備，和人合作開礦並分享所得，每星期都投入數千元。他因為無知，在籌組公司時不夠瞭解股份公司是怎麼一回事，也因為他的產權是偷來的，總擔心有人會用同樣陰謀奪走，不到第二年年底，他和「米涅塔採礦與冶煉公司」就在法庭公開貶損對方名聲。

霍根最後得到的判決結果遠不及他要求的一半。他不服，向更高法庭上訴，結果判決撤銷了原判，他卻什麼也沒得到。於是最後他離開米涅塔時，得到的只比投入的多了一點點——你知道的，他離開時感覺既愚蠢又丟臉，懸崖下方小屋裡上了妝的女人也一樣，她們都從他那裡拿過不義之財。他離開時，用盡所有力氣，痛快淋漓地詛咒著米涅塔。他詛咒了坑道、礦井、通風井；他詛咒了滑輪和運送小道、滑車和皮帶、絞車下的鼓風機和拉繩。因為建造的人是他，他詛咒它的每一個部分。

聽見霍根詛咒的人堅稱，就是他的詛咒帶來米涅塔的噩運。事實上，它的源頭是霍根拿給臥病的安東的那份假報告。這個被判有罪的人肆無忌憚地詛咒一切、撇清自己的惡劣行徑，反而揭發了親手犯下的罪行。

從此，米涅塔採礦與冶煉公司就失去了原來的繁榮景象。每當銀價下跌，或礦石品質下滑，礦山就會關閉幾個月，以便讓董事解決他們的私人紛爭。公司經濟出現狀況，並且總是在不合適的時候出現。

在這樣的情況下，他們偶然遇見了麥肯納，並且邀請他擔任管理者。麥肯納特別適合這個工作，是因為他薪資低，在狀況最好的時候不肆意揮霍，在月底時不在乎是否支領工資。以礦區來說，這家公司的經營狀況非常不好，因為在礦山第二次關閉時，麥肯納發覺公司已拖欠了十五個月的工資。他對於礦山的經營管理提出了批評，但沒有刻意為難董事，因為他只拿一半的薪資。即使如此，直到四月，一小組工人進駐，礦山再次開工，但拖欠的工資依然沒有支付。

這時，你知道的，米涅塔採礦與冶煉公司走上了險路。如果開採到品質好的礦石，或銀價上升幾點，他們就能讓礦山獲利，如果沒有，礦山就會虧損，而麥肯納就成為他們的主要債權人。就在這時候，這個地區的開礦熱潮開始退燒，礦山開始蕭條，人流就像那些山上突然迸發的急雨，沿著荒蕪深谷的小徑離開，消退速度和來時一樣快，留下如疤痕般的垃圾、礦井、路徑。堆滿俗麗廉價家具的房屋在陽光下扭曲變形，野兔在凹陷的窗上跑來跑去。世界與米涅塔之間不見人煙。

礦山關閉期間，麥肯納繼續留在那裡照看礦山，他說，因為礦山欠他很多，他無法就此作罷。不過，真正的原因是荒漠攫住了他，像貓一樣把他按在爪子之下。於是他留了下來，摸索著修理機器和熔爐。就這樣過了一段時間，人們發現他忙亂但沉默地來來去去，好像有什麼可疑的計畫似的。他也不再為帶給他龐大欠發工資的經營者而惱火。那時大約是米涅塔完全關閉的前一年。

在那段期間，麥肯納以主要債權人的身分提起訴訟，扣押了公司財產，得到了「缺席判決」[7]。當時，他也許能夠憑藉同一訴訟擁有整個地區，在其他地區，這樣的事之前發生過或後來也發生過，而這麼做能以一半的開採成本使銀價大大飆升。

7 又稱不履行判決，情況有兩種：一是被告在庭審中不到庭，或未對原告的請求做出答辯的情況下，法庭所做的對被告不利的判決。二是當事人不服從法庭命令，尤其是要求其進行披露的命令時，法庭做出的對其不利的判決。

麥肯納擁有產權後的第一件事，就是拆解熔爐。當時尚未發明氰化處理法，熔爐的外表已破損不堪，但麥肯納把它修好了。四根巨大的純銀棒都有半人高，而且非常粗，令人驚歎。他從滲水道裡把它們取了出來，用來恢復生產。這樣的事後來發生在德國、阿根廷或其他地方，但在此之前不曾有過，即便有，也沒有產生預期的效果。銀價上漲了，麥肯納靠自己的力量經營，逐漸興旺，娶了妻子。不過，噩運開始作祟了。

第二年，麥肯納太太生了一個孩子，但夭折了。我是否說過，女人最恨沙漠？女人，除非具有非常開闊單純的靈魂，否則需要保護色——你知道，她們需要衣服、家具、社會風氣來掩護自己，需要習俗當成屏障。一旦龐大且毫無保障的生活驟然降臨眼前，她們會措手不及。麥肯納太太在米涅塔修建了一座像手臂一般長的墳墓，就在骷髏崖下方，至於麥肯納，由於沒有任何保護色，就顯得平凡。

她的思緒漫遊，從眼前的一切墜入回憶的深谷，前往沒有樹木的褪色山丘。最後，因為空虛，她的心思落在麥肯納的助手身上。這個助手也很平凡，但初來乍到的陌生感是他的保護色，況且，那些日子裡，麥肯納夫人是礦區唯一的女人。我不是說，在那種情況下，如果沒有那噩運，這樣的事就不會發生。我的意思是，這件事讓麥肯納的心思離開了礦山，噩運也在這時出手了。過了一段時間，她和助手兩人搭乘莫哈維的驛車從故事中消失了，麥肯納則將領班喬丹升為管理者，把礦山交給他。人們猜測，麥肯納去尋找他的妻子了。

他是否找到了她，還是那噩運把他留在他前往的地方，沒有人知道。我個人認為，這噩運就藏在它誕生的地方，藏在厚實山丘上那令人難受的洞穴裡。無論如何，就礦山而言，麥肯納注定怎麼得到就怎麼失去。

喬丹是幫助麥肯納拆解熔爐的人，他很清楚米涅塔如何落入他的雇主手中，而且他認為那沒什麼不好。所有礦區營地都有一些不可救藥的人，無法從事件的邏輯吸取教訓。麥肯納當然沒有再靠近礦井，他或許也可能希望自己退出。這麼做，除了給噩運可乘之機，或許也有助於逐步提升礦石品質。喬丹是經驗豐富的礦工，非常熟悉坑道，很多事都獨立決策，也有時間思考，而且正如我說過的，他很欣賞麥肯納曾做的一切。

夏天剛到時，主要地下通道的工作方向發生了未曾有過的些微改變，並且在預定的時間封上了木板。

喬丹向麥肯納報告，主礦脈幾乎已經開採一空，最好在真相為人所知前把礦山賣掉。最後事情就這麼決定了。售價不高，但由於麥肯納自以為了解礦山的財產情況，而購買者只從喬丹這裡知道情況，這筆買賣令雙方都很滿意。透過某些不為人知的手法，米涅塔很快落入前任領班丹·喬丹的手中。後來他拆除牆板，發現了一大片品質好的礦石。

米涅塔的礦脈位於岩石容易崩塌的地區，幾乎呈水平分布，必須用木頭支撐坑道。那是由支撐物和牆板組成的複雜系統。這位新主人一直以來都是日領工資的工人，在各方面都小鼻子小眼睛的。他從廢棄礦山買來二手木頭，為坑道支柱增添不必要的風險，工人對此牢騷滿腹。

喬丹和他的工人相處並不融洽。他擺架子，懷疑人們輕視他的新權威。發跡的驕傲讓他自我膨脹，整天板著臉。這時，那個地區的人普遍相信礦區噩運當頭，願意受雇到米涅塔工作的人很少，來的人也心存恐懼。即使這像垃圾堆般的礦山利潤足足可達兩萬元，但除非提出新的對策，否則人們再也不肯進入坑道。喬丹不相信晦氣的說法，他詛咒那噩運，詛咒手下，走下坑道，辱罵著膽怯地遠遠跟在他身後的人。

「先生，最好從這邊走，」其中一人帶著相當的敬意說：「那邊的支柱不安全。」喬丹輕蔑地踢了那支柱一腳當作回應，接下來，倒塌聲嚇得所有人往後退，不敢再往前。他們發現喬丹死了，他的腦袋被砸扁，埋在崩塌的岩石之下。

在那之後，又過了一段時間，米涅塔傳到喬丹的繼承人手裡。那是兩個堂兄弟家族，他們認為這座銀礦應該很值錢，但對它一無所知。

得到這筆財產不是他們的錯，如果那噩運的邏輯只是傾向於吸引人犯罪後再把人毀滅，那麼這些繼承人應該就能逃過它的魔掌。如果像你推測的，這噩運只是引發一連串偶然事件的神話，那麼情況可能會是這樣。不過，夾在教堂和警察之間的你，靈魂散發的一切都被親人和鄰居的牢騷切成碎片的你，關於法律和輿論的聲音來到那些巨大、寂靜的空間時變得像風吹動沙土般微弱，你所知又有多少？在那樣的地方，一個人拋擲靈魂後所留下來的東西，依然保留著他拋出時懷抱的憎恨和憤怒。

五十年代初，有些移民隊伍穿過「迷失之谷」的某些地方，這些地方幾乎不颳風，也沒有讓人不安的天氣，車輪的轍跡依然留在沙上，清晰可辨。在其他地方——例如米涅塔——人類欲望的惡臭留在空洞的沙漠裡，像傳染病一樣，彷彿每根木頭都吸飽了傷害而不是溼氣，每根螺栓都散發不祥的氣息，而不是蒙滿鐵銹。

如果不是這樣，實在很難說明，為什麼在銀價一跌再跌的時候，喬丹的繼承人要對簿公堂。他們在訴訟中剝光了自己，與此同時，木頭在坑道裡折斷、倒下，碎石堵塞了通道。到了這時，垃圾堆裡的礦石再也不值兩萬元，落入某個律師手中。這個律師向來非常正直，但發跡後就變得放縱，忽視了家庭。礦山上的木條在接下來幾個夏天變形、掉落，木板縮小，像死人的嘴唇般蜷曲，在沙漠裡被太陽曬乾了。我不知他們是否應該合作，還有銀價是否會上漲——比如說漲上三點；除非他們能用勇於犧牲的高貴熱情承擔起責任，否則怎能夠逃過米涅塔的噩運。

然而，如果再深入一點想，有趣但無疑也令人大為不安的是，崇高的品格不像人們在來到沙漠之前以為的那麼重要。在邊界以外的地方，最難以原諒的罪只有無能，而良知頂多是為了規範行為而產生的世代相傳的偏見，不是人們會帶進荒野的行李。荒野自有更迫切或更必要的需求，良知只有在適合的情境下才存在。

桑德斯就是很好的例子。

關於良知的故事

這在他自滿的心中蕩起難以平息的波瀾，
就像在他那湧向英國的思緒裡出現了暗礁。

在水潭邊，在他曾經想過要留下自己的屍骨的地方，
生活簡簡單單，除了快樂什麼都不掛心。

而此時，古老的需要和欲望甦醒了，
在他內心呼喚，隨之出現的，
還有要求男人對下一代負責的古老而固執的盎格魯撒克遜偏見。

桑德斯是個平凡的英國人，患有肺病。他走過艾什福克（Ashfork）、亞利桑納、印第歐（Indio），還有卡塔林那（Catalina），又向北漂泊，穿過聖加辛塔山脈（San Jacinta），終於找到自己一直在尋找的東西。

在英國時，他放棄了許多身為男人想繼續擁有的東西，鄭重其事地尋求能滿足需求的療癒之道。他買了幾頭馱驢、兩個袋子，還有一套野營用具。除了這些，他還帶著一本莎士比亞，一本祈禱書，一本《英戈爾茲比傳說》（*Ingoldsby Legends*），徒步出發去探索無界之地的海岸。祈禱書是從前他母親給他的，我相信他早晚經常翻閱；至於《英戈爾茲比傳說》，他在流浪的第二年給了我。那時我正想找一本《英戈爾茲比傳說》，但圖書館遠在三百哩之外，有錢都買不到，不像現在，英國人可是隨時都能在附近就找到。英國人覺得那些傳說有趣，但我不瞭解原因，所以請我的朋友——「最後的機會」酒吧老板——若遇到來到鎮上的英國人時，幫我問問。我還把書名寫得清清楚楚的，酒吧老板才能記得住。

在那之後第一個出現的是倫敦礦業集團的代理商，他留下一間書店的地址，在那裡能買到這本書。第二個是靠國內匯款過生活的游手好閒的人，當然，他什麼都沒有，如果有也會拿去當掉。他會把書抵押，去大喝一頓。我所言屬實，因為這是實際發生的事：那位英國人典當了一切，甚至包括他的榮譽和不朽的靈魂。第三個出現的就是桑德斯。在這樣的荒野之地得知有人欣賞《英戈爾茲比傳說》，讓他非常高興，主動說要過來解釋其中的晦澀篇章。也因為這緣故，我才會知道後來在阿比赫比發生的事情。

桑德斯在一個又一個有水的地方流浪，生活艱苦，呼吸著最乾燥但卻最純淨的空氣，隨著大自然的晨昏節奏，日出而做，日落而息。夏天，他來到山頂，住在狐尾松下，冬天則下山觀看安息泉旁的野杏樹開花。他看過休松尼人的巫舞，在喪禮山獵殺過大角羊；他放棄了生命中的許多東西，但不覺得不開心。不過他保持著與生俱來的良知。當然，男人的良知讓他和其他男人一樣，做了不少違反法規和戒律的事，不過，最後逼得他違背了自己所謂責任感的，是對他而言難以承受的遼闊荒野。

那期間，桑德斯來到從「迷失之谷」向西延伸的紫色山脈，那山脈圓潤而豐滿的雙峰被稱為阿比赫比（處女之胸）。真是個好名字。桑德斯是在春天抵達的，由於充滿希望和未曾開發，大地動人而美麗，一片祥和。他徜徉在每個令人愜意的地點，直到獵鹿月分來臨時，才花一星期的時間走到孤松補充日用品，然後開始告訴我關於特沃茲的一切。那是一個有灰色眼睛的休松尼人。桑德斯認為我會有興趣知道，我的確如此，只是原因比桑德斯起初猜想的更多。這個故事流傳著，我相信也有適當的證據可加以證實。

在絡驛不絕的移民隊伍裡，有一群人因迷路而受困於地獄般的死亡谷。其中有個男人為了尋找水源而脫離隊伍，他太渴望找到水，幾乎失心瘋，後來沒再回到夥伴身邊，眾人也都認為他已經死了。

極度饑渴的他，神智不清地遊蕩。休松尼人發現了他，把他帶回他們位於山中的祕密部落聚居地。在那裡，他完全沒有意識到，自己展現的一些白人的技巧和優點，還有他的機智，對他們來說已足以敬畏。因此，他們讓他留了下來，並尊稱他為「草原狼人」，或是偶有神奇力量的「製藥者」。十五年後，他的朋友找到了他，帶他走了。如今，休松尼人部落偶爾會有長著灰色眼睛的孩子出生，做為他曾在當地居住的證明。

桑德斯開始告訴我關於特沃茲的事情時，我就知道最後的結局會是如何，不過，直到他母親寫信給我，我才真正留意這件事。一些過於熱心的人寫信告訴她，桑德斯成了北美印第安人的女婿。她以為他娶了特沃茲，會帶幾個小混血兒回去繼承家產。

她不會知道，桑德斯差一點就要這麼做，我也沒有說實話，只是寫信告訴她，她兒子沒有結婚，沒有什麼好擔心的。不過，因為那封信，我才能從桑德斯那裡得知這麼多過去我不知道的其他故事。

我猜，歸根究柢，男人愛女人的理由差不多都一樣，不過只有當他提到一個不屬於自己階層的女人時，他才願意說出那些理由是什麼。桑德斯愛上了特沃茲。首先因為他孤單，需要伴侶，然後是因為她橢圓的臉頰和下巴那朦朧的輪廓，她腰部以下到膝蓋之間的迷人曲線，她微顫的輕柔笑聲。還有，他一直愛著她的，是她讓他感覺自在。

我想，她身上的白人血統，讓她更快理解白人。桑德斯教她做菜。她從不厭倦或害怕。她也從不發脾氣，只有嫉妒時例外，不過那相當有趣。桑德斯自己告訴我，她如何因為他的愛撫而面帶紅暈，像花一樣盛開，又怎麼在他忽略她時哭泣。只要我有勇氣知道的事，他全都告訴了我。當一個男人走過緩緩奪走人命的浩瀚荒野，安頓於自己選擇的路之後，他大可據實以告，沒有什麼需要說嘴的了。特沃茲具有能引發男人柔情和保護心理的天賦，以及原住民女子的一無所求。事實上，這些女人就是這樣帶走我們的男人，最後也因為這樣而失去他們。

或許你會問，關於我們談論的桑德斯處境的道德觀——那似乎一開始就不存在。特沃茲的確是結婚了，就像在教堂和官方見證的一樣；至於桑德斯，社會和生活本身早已放棄了他。他不適合工作或結婚；由於患有肺病，說句公道話，他沒喝過別人杯子裡的水，也沒睡過別人的床。既然社會不歡迎他，又有什麼權利過問他在「處女之胸」那花朵盛開的淡紫色世界裡該做些什麼？儘管如此，這個英國人最後發現，或者他認為自己發現了一個道德問題。

「處女之胸」——未開發的土地，晴朗的陽光，純淨的空氣，還有特沃茲——那不正隱含著在處女懷抱裡重獲新生的神話？在廣漠的荒野，很多神話都變成了現實。桑德斯每年到洛杉磯找醫生檢查一次，他這麼做是為了讓母親開心，而不是因為懷抱著什麼希望。有一回，他回來後看起來像剛醒來的牧羊人。他得知肺部的病變全都消失了，如果他在阿比赫比待了六個多月都沒什麼問題，他應該可以回家了！也就是在那個時候，他的良知開始令他煩惱，因為——你知道的——特沃茲生了一個孩子，一個女孩，嬌小，金色頭髮，灰色的眼睛，由於神奇的遺傳，那雙眼睛和桑德斯母親的很像。在漫長無聊的夏天，她成了他最喜歡的玩伴。當然，那位母親絕望極了。她始終沒有離開毯子，就像所有成熟的印第安婦女一樣，她開始變胖。喔，我說過，他有男人的良知！特沃茲必須留下來，但是他心疼的女兒該怎麼辦？

這在他自滿的心中蕩起難以平息的波瀾，就像在他那湧向英國的思緒裡出現了暗礁。在水潭邊，在他曾經想過要留下自己的屍骨的地方，生活簡簡單單，除了快樂什麼都不掛心。而此時，古老的需要和欲望甦醒了，在他內桑德斯並沒有留意到。

至於他自己對特沃茲有什麼感覺，我一樣也不清楚。不過我想，男人在這種情況下不會讓自己有時間感受，他們只是把事情完成。我只知道，當他最後感覺自己有力量行動時，他騎上馬，讓孩子坐在自己身前，那時她大約兩歲左右。他們從阿比赫比出發，花了整整一天走過箱形峽谷，越過沙子被吹散後裸露的山崗，偶爾他的膝蓋還會刮擦到兩旁的峭壁。第二天傍晚，他看見少女峰紫色的輪廓漸漸消失在朦朧的地平線上。他們整天騎著馬，在閃爍的淺色沙地和完全荒蕪的陡峭山谷中前進。

一路上，有什麼東西刺痛著他的大腦，某種期待感干擾著他的睡眠，某種不可能的感覺隱隱縈繞著他的心。起初，孩子咿咿呀呀地說話，或在他懷裡睡著。他緊緊摟著她，忘了她的媽媽是休松尼人。她夜裡哭，開始不吃東西。她長長地抽泣，悄聲地哭，就像受了驚嚇的印第安孩子一樣，大滴疲倦的眼淚掛在她的臉頰。桑德斯的手臂因為她的重量而酸痛，他的心因為紛亂而痛楚。那張小臉仰望著他，因為難以理解的殘忍而痛苦。

當他來到因約山脈（Inyo range），走在平坦的小徑，他不再相信自己的判斷；他打算在英國把孩子養大的想法開始顯得荒謬。這時他已來到山頂，望著山下遠處的田野和果園，覺得自己荒唐可笑。他隱約感覺好像有某人的眼光像傳播疾病的昆蟲般緊緊跟在他身後，但在這一望無際的廣漠當中，沒有任何類似移動的人影之類的黑點進入他的視線。那感覺以某種嚴密且神祕的方式一直跟隨著他，可能只有盤旋在耀眼蒼穹下的禿鷹才會知道。

在基勒（Keeler）的旅店裡，他開始嘗到自己選擇的苦果。男人——白人，礦工，工廠主管，衣著考究的人，有權勢的人——看著這個調皮的孩子，她全身上下清清楚楚帶著休松尼人的特徵。他們嚴肅地把目光轉開。身為紳士，他們只能面面相覷。桑德斯付錢給旅店裡的女人，請她們照看他的女兒。他整晚都不想見到她。

第二天，他們朝孤松出發，經過了柵欄圈圍的土地、農場和農莊、學校、教堂。他開始明白，在偏遠的沙漠地區，有這種感情關係的男人之所以像拋下衣服和語言騙局般離開土地，不只是單純的不負責任。

此時，他離開阿比赫比已經四天了。那天晚上孩子睡得很少，整夜在床上傾聽著，一遍遍低聲喊著母親的名字，詢問著，期待著；桑德斯有動靜或留意她時，她會停下來，像小鵪鶉般安靜。他忽然想到，孩子可能會死掉，不過那也許是這件事最好的結局。

隔天一大早，他走出房間時，被一條毯子裡某個柔軟的東西絆了一下。那東西攤開毯子站了起來——是特沃茲！孩子在他懷抱裡蹭了一下，但還是那樣安靜無聲，令人同情。女人伸出雙手，眼睛紅紅的，牢牢盯著他。

「我的孩子！」她說：「把她給我！」桑德斯默默把孩子交給她。深色的小手臂摟著她的脖子，抓著她攀上去，小小的身體整個貼緊她，小臉蛋的輪廓因無法言喻的滿足而柔和起來。特沃茲拉起她的毯子，緊緊抱在懷裡。

「她是我的！」她堅定地說：「她是我的，不是你的！」

桑德斯沒有反駁。他掏出所有的錢，全部倒進她懷裡。特沃茲笑了。她動了一下毯子，把硬幣抖落在地上，帶著尊嚴轉過身子，開始朝沙漠走去。從她走路時肩膀在毯子下的弧度和臀部的搖擺可以看出，她是地地道道的印第安人。

那天早上，桑德斯從火車站台向我揮手，做最後的道別。他看起來非常英國，體面而整齊，鬍子刮得乾乾淨淨的。

「我想通了，」他說：「真的不應該那麼做，你知道的。」我相信他認為是自己得出了這個結論。

我最喜歡部落裡的談話，因為沒有祕密。在那裡，他們之所以談論生活的基本成果，是因為它們很重要，值得討論。

只有造就我的心的上天才知道，為什麼會有令人失落的、地獄般的深淵，因為就像我說過的，他人的經歷不會因為事不關己而充滿娛樂性質；就像為了讓周遭的人知道那樣的苦，總是必須有人像孩子把石塊扔進井裡那樣拋下自信，然後從我的故事裡傾聽不斷迴盪的模糊聲響。不過那是世故的表現，它總是以吐露心事的形式出現，總是帶著自我對於個人名聲求而不得的憂傷回顧。「我不知道為什麼告訴你這些，我只是不希望你重蹈覆轍。」隨後，交心的話語釋放了心事，心緒也隨之舒坦。

然而，在部落裡就可能談論現實生活中的大事而無需在意面子問題。晚秋或冬天的午後，你可以和族人海闊天空地聊天——但有蛇出沒的夏天就比較不合適，因為蛇有兩個舌頭，會傳話給神，如果希望神對你有幫助，絕不能讓他們知道太多你的事。在那樣午後，婦女編製籃子、在磨盤上磨米，男人製作網和陷阱，這時可以暢快地聊天，知道不少事。在這樣的時刻，天空彷彿鑲嵌在黃褐地球上的發亮土耳其石，河流淺淺流過岩石之間，海市蜃樓的水流回空中已經封閉的噴泉裡。磨盤不斷發出「砰砰」的撞擊聲，混合著女人的談話聲，宛如不刻意辛勤勞動時的舒緩脈搏。

當印第安婦女在一起聊天，她們是很八卦的，在那樣的下午時光，有三件事情是一定會談到的——孩子，婚姻，還有白人的生活方式。最後這一項的內容多采多姿，雖然大多純粹可笑，但也有不少神祕且吸引人的奇人異事。例如，儘管她們可以，但她們從不告訴你任何有趣的例子，也不對她們熟悉的環境和荒漠提出合理的解釋，任由白人在其中探險。那就像你早就發

開墾地

她按照父親的指示，走最近的路前往「開墾地」，
愈靠近，她的心愈沉，因為她記得父親說的話。

「開墾地」意味著她的印第安世界的邊緣，
意味著白人、城鎮、農場。
至少是加文對那些東西的渴望，
以及他習慣生活其中的舒適耕地，讓他一路匆匆。

在「開墾地」，他不需要她。

提亞娃居住的休松尼族聚居地有三座尖頂茅屋，位於土奎納（Toquina）和魚湖谷（Fish Lake Valley）之間某處。當年年輕美麗的她，跟著一個白人離開了那個國度——她為了科里．加文的愛，與蠻荒搏鬥。

加文曾擔任伊格．馬洛里十八騾隊的森林開拓者。容格德（Ringold）地區發現財寶的消息，就像馬洛里的世界裡紅光閃耀的火箭，於是他資助加文和波克、艾斯第一起去土奎納勘探。

加文一頭紅色鬈髮，天性樂觀，有些小缺點，但擁有十足的勇氣和毅力。他們走了三個星期，四處探索，然後三人有了不同意見。關於這個部分的細節並不清楚，只知道當時加文認為，他必須在艾斯第和波克之前先回馬佛里克（Maverick）記錄一些地點的位置。這對他來說非常重要，而且必須立刻進行。於是他在泥泉（Mud Springs）備好一天的水，離開兩位同伴，走上他認為是捷徑的路回家。

他從來沒有輕鬆自由地待在荒野裡。這是猛烈冬雨過後的春天，花朵盛開，空氣宛如落下的花瓣般輕柔。月白色的土地上長滿了花，有的紫色，有的金黃。早晨時，陽光在木焦油灌木（creosote）的嫩枝上籠罩著一層明亮的薄霧，中午時，它滑過坡地，閃閃發亮，山坡則在睡眠中均勻地呼吸。我敢說，就像男人很難相信可愛的女人會無情，人們也不易相信這樣的土地會不顧人的死活，例如加文就不相信。

第二天中午，他開始懷疑夜裡錯過了他原本確認的路，打算機靈地趁著星光往回走，重新找到錯過的路標。那時他的水差不多喝完了。不久，這個意志耗弱的男人只想擺脫眼前的一切：他腳下踩的傾斜、搖晃、起伏的土地；固執的太陽；折磨人的乾渴；灼噬著他雙眼的沙子。他厭煩到了極點；他想停止這一切，讓自己好好休息。

「看看你做了什麼，該死的！」他對著那土地大喊。它彷彿聽見了他的喊叫聲，一邊旋轉，一邊向下沉。令人感激的黑暗吞沒了他的意識。那時提亞娃的父親正在獵捕大蜥蜴，他發現了加文，把他帶回營地。

在加文還沒完全清醒前，提亞娃一直照顧他。他在狂亂和極度興奮中起身想記錄他的土地時，她用強健的手臂抓著他，讓他安靜下來，將他抱在懷裡搖晃著。儘管他不認識她，她的溫柔如此強而有力。當加文能夠走動時，雖然還不適合遠行，他已感覺不耐煩。他想要一個嚮導，於是提亞娃就成為他的嚮導。

人們說，這是她的權利，因為她愛上了他。她可以這麼做——人們不曾看見這些溫和的野蠻人和自己的女人並肩同行，但他們接受他們有相愛的權利，不需請求，也不需感到羞恥。讓我告訴你，關於接受或拒絕他人愛意，他們不會接受世故做作的男人的嘲笑。提亞娃如此美麗——四肢苗條但豐滿，柔和的棕眼光采熠熠——你可以確定加文絕不會遲疑，只是那時他陷入了另一個情婦手中，而且她未必會放開他。

我的確相當瞭解那個有著棕褐色頸子的情婦。如果她把她灼熱的氣息轉向我們的山谷，把冬天的雨水吹回來，你會從雄鹿交配時單調的叫聲察覺她來到的訊息。在那樣的時節，鹽溪（Salt Creek）的窩巢裡不會太有多幼崽，鵪鶉也不交配。記住，如果在矮松果收穫和禁忌期之間的那三個月，她不再把燦爛的笑容轉向我們，那麼你就可以知道她會對男人做些什麼。

提亞娃的父親說，關於白人，他略知一二。他看看沙漠在加文雙眼間留下的印記：「我的女兒，把他帶到開墾過的土地後，你最好就回家來。」

提亞娃已經為旅程戴上最漂亮的珠鏈，臉頰塗著光滑的朱紅色泥土。她根本沒打算回來。提亞娃在薩卡布特（Sacabuete）為我講述這些事時已是中年，身材發福。她停下磨米的手，在磨盤旁微笑。加文離開後，她嫁給一個派尤特人，讓他非常幸福安逸。

「不過，那時我不知道，」她說：「白人會接受我們這樣的照顧而不回報。如果我對一個休松尼人只有對他的一半好，他早就會愛上我了。旅途中兩個古板的人在一起，我可忍受不了。」

第一個夜晚，他們搭了乾爽的帳篷。加文虛弱地躺在沙地上，提亞娃為他拿來食物。土奎納山上的餘暉消失，夜晚星光閃耀，天空清澈柔和，他背對著提亞娃伸展身體，然後睡著了。

提亞娃對著篝火，眼睛乾乾的，因為羞恥而灼熱。她躺著思考著這些事情的原因。他是白人，因此可以接受她的照顧而不認為其中隱含愛意，因而可以酣睡而不受良心的譴責。

隔天早上，他溫和地對她說話，又燃起她的希望，因為她的欲望是為他而存在的，春天就在她的血液裡。然而，加文並不知道，對於使命的執著始終縈繞著他的腦海。早上的風吹拂她濃密的髮，讓她的衣裙襯出身體迷人的曲線。她在路上輕輕碰擦著他。她輕柔嗓音的每一個變化，發亮的眼睛的每一次閃爍，都是因為愛情，但是太陽的灼熱讓他的眼皮沉重，他看不到。

第三天結束時，提亞娃已經用盡女人所有的招數，她想起了神。當天色完全變黑，月亮還沒有升起，她走到營地一側，用歌唱來安慰自己。她搖擺著欲望的姿態，敲打著年輕豐滿但充滿痛楚的胸脯，對著神唱出她的愛戀。她的歌聲傳到他耳朵裡，帶著古老的女人的苦悶。

「噢，別唱了好不好！」加文說：「我想睡了！」

沙漠擁有了他。他無畏地到來，毫無防備，因而受了致命傷害。不過提亞娃並不比他瞭解更多。她以為只有自己遭受了損失。她脫下沒有發揮任何作用的珠鏈，把朱紅從臉頰抹去。此時只剩照顧他了，而這就像木焦油灌木的嫩枝隨風擺動般自然。白天，她為他帶路，晚上，在不知名的水潭邊為他做飯。她不知道那些地圖上加文想去的地方。她按照父親的指示，走最近的路前往「開墾地」，愈靠近，她的心愈沉，因為她記得父親說的話。「開墾地」意味著她的印第安世界的邊緣，意味著白人、城鎮、農場。至少是加文對那些東西的渴望，以及他習慣生活其中、開墾已久的舒適耕地，讓他一路匆匆。在「開墾地」，他不需要她。

在土奎納，在荒涼的峽谷，在收穫不多的草原，她知道生存之道，但是等他們到達「開墾地」時，在灌溉充足的肥沃田裡，除非加文接受她，否則她必須回去。你知道的，只有我們可憐的文明才會試圖以羞辱的結局來誇大人類的愛情。在提亞娃自己的國度，她可以冒險，也可以讓自己與荒蠻搏鬥，但結果她卻整夜把臉埋在臂彎裡哭泣，且流不出眼淚。

最後一天中午，他們看見了耕種的土地。他們從某個山頂往下望，看見點綴著金黃色山谷的暗綠色痕跡，更遠處是成排的柳樹，灌溉渠閃著微光，看起來就像刀刃，沙漠從這裡開始向後退縮，無法往前延伸。

那天接下來的旅程都是一路不停向下走。提亞娃走在前面，加文的呼吸暢快了許多，感覺沙漠抓著他的手像彈簧的張力釋放般放鬆了。他忽然發現身邊的這個女人迷人又年輕。經過長途跋涉，食物不足，她現在不那麼圓潤了，但是從她照顧他的情形來看，他突然意識到她是愛他的。

「把行李給我吧，」加文說：「你背得夠久了。」

他原是好意，但女孩看來卻暗示著解除她的工作。他已經拒絕了她的愛情，現在連她的照顧都不需要了。他的聲音不再像在安靜的地方那樣具有魔力了。他們一邊走，他一邊說話，不時指著這片或那片農場。

大約日落時分，他們來到運河的外圍，紫花苜蓿田地最邊緣的地方，在那裡搭起帳篷。提亞娃最後一次把樹枝放在爐子下。最後一次，提亞娃感覺就是最後一次。農莊逐漸流瀉出燈光，遙遠而朦朧。提亞娃想起土奎納茅屋裡的小篝火，淚水從心頭湧出，在眼眶打轉。就在這時，加文喊了她。她轉過身，在淡淡星光下，在爐火灰燼的閃爍裡，她驚訝地看見他笑了。你知道的，對提亞娃來說，一個白種男人的微笑——他有紅色的鬈髮，寬闊的肩膀，而且年輕——就像神的恩典。

「提亞娃？」

「大人！」她小聲說。

他微笑著，張開臂膀，等她走過去……因為他已經抵達了「開墾地」，重新恢復了自我。

最後，就像我說過的，加文回到自己的世界，提亞娃嫁給派尤特人，變胖了。面對原始力量時，大多是女人下場最糟，只有少數情況例外，例如，如果和她的孩子有關，她自己就會成為那原始力量。

偉大的靈魂走進沙漠，離開時成為神祕的聖人和先知，宣講不可言傳之事：佛陀、穆罕默德、耶穌讓我們相信人類關係的鬆散本質，因為在沙漠，人類的一切規範沒有任何作用。有了這麼多前例和論述，當開闊的國度在眼前展開，還需要足以融解責任義務的燒杯嗎？當所有裝飾都被吞噬其中，是否還會留下任何羈絆？你又該如何面對？

幾個月後，威爾斯太太驚異地發現，
在月底付完家裡所有帳單之後，竟然還有一點餘額。

一直以來，威爾斯太太都生活在丈夫是天經地義供養者的傳統之中，
因此又過了好幾個月的時間，她才終於理解，
她不僅不需要威爾斯先生，而且沒有他還過得更好。

事實上，她豐腴了些，也強壯了一點，走路時帶著活力。

威爾斯太太和威爾斯先生共同生活了十七年，期間他離開了三年，這三年，是她婚後生活最美好的日子，她甚至希望他永遠不要回來。威爾斯先生唯一真正的問題，是他根本不該搬到西部。我在想，遙遠的東部之所以孕育出這樣的男人是因為它需要他們，那它還真該把他們留在那裡。

我敢說，威爾斯先生追求威爾斯太太時，頭髮一定是中分的，最好的衣服的胸前口袋中有漂亮的絲綢襯裡，他把它翻出來，偽裝成絲質手帕。威爾斯太太有一種不修邊幅的美，還有甩頭的習慣，威爾斯先生離開後，這種習慣又回到她身上，讓人以為她一直是鎮上最美的姑娘。

起初他們稱得上幸福。威爾斯先生在食品雜貨店工作，也是主日學校的校長助理。他們有一部風琴，四個小威爾斯。或許，威爾斯先生一直以為他在西部也能順利繼續維持原來的身分——他是貝德洛克商店的職員，還帶來風琴和孩子——或許，他打從心底認為自己非常不同凡響，只要有機會，他就會成為那樣的人。

有一種男人是在緊密的社群裡長大的。他就像個酒桶，教堂、公眾輿論、社會名望，就是把他固定成有用形狀的桶箍，如果少了這些桶箍，他可能會因為各種原因崩解。讓威爾斯先生錯亂的，就是「失蹤的礦山」。

身為商店職員，他從來店裡採買補給品的礦工和探礦者那裡聽到許多有關礦山的事。他完全沒有經驗，因此不會知道，愈是有時間停下來談論礦山的人，和開礦愈沒有關係。在威爾斯先生聽到的所有對話裡，最吸引他、讓他的想像力蠢蠢欲動的，就是失蹤的礦山——難以置信的豐富礦脈，人們曾經接觸過，後來卻再沒人發現過。走進地圖未標示的群山，只想靠運氣找到什麼，看來是件危險的事，但如果是尋找一座人們曾經探測過、取樣過、檢驗過、肯定位於某座特定山脊或某道峽谷當中的礦，卻顯得相當可靠。何況，一般礦藏是否有價值仍是未定之數，但失蹤的礦山往往含有驚人的豐富礦藏。

在西部，所有能讓男人錯亂的原因當中，這一種是最危險的。在城鎮之外，綿延的荒野靜靜盤桓；她像人們用來捕捉羚羊的誘餌一樣，向具冒險傾向的靈魂秀出一點閃光的運氣或浪漫的碎片，然後猛然一夾，就抓住了他們。如果威爾斯先生賭博或酗酒，他的妻子至少能去向牧師求助，他的朋友們也會伸出援手。馬佛里克有一座二十七人的教堂，威爾斯一家曾經信賴它，但它除了對威爾斯太太的影響外，其餘不值一提。威爾斯先生屬於教堂，不是因為它對他有什麼意義，而是因為它對其他人具有的意義。遙遠的東部意味著社會地位，好名聲，道德完美。對馬佛里克其他人來說，上教堂則意味著某項缺陷，但只要不談論它，你就可以被原諒。威爾斯先生之所以沒提到它，是因為有這麼多和失蹤礦山有關的事可說。

一開始，他為佩德羅·魯伊斯提供資金，讓他去尋找失蹤的「漁人峰」礦脈。這不算太糟的事，因為它消失還不到三十年，山峰離馬佛里克不到一百哩，而且我自己就有一塊來自那裡的礦石。那時，他被有關「瞄準器」的神話所迷惑，但那其實不過是一塊只值一角錢的純銀，一個強盜撿來釘在一支槍的準星上，但你就是會不由自主相信那枝槍，因為它和擁有它的人都失蹤了。在那之後是「野玫瑰公爵」。那根本不是一座礦脈，只是地圖上標出的一個箭頭，至於地圖，則是一名身無分文的房客留下的，人們發現他死在舊金山的旅館裡。

資助探尋礦脈貸款的費用很高，即便對貝德洛克商場的職員來說也一樣。雖然他得到折扣優惠，但獲得資助的探礦者的可信度和他們追逐的夢差不多，而且往往是假的。他們在人跡罕見的水潭旁閒晃時，仍需不斷投入資金；然後他們帶回更多的故事，以及更誘人的線索。威爾斯先生為尋找「白水泥」礦而投入最後僅剩的資金，且因為對於線索深具信心而辭去了工作，自己投入探勘。在「禿山」一定有水泥礦藏，裡頭也一定有金塊，就像布丁裡有李子一樣。禿山位於歐文斯河（Owens River）中央分流處附近的一座小溪谷深處，重疊的浮石覆蓋其上。那附近埋著一套野營裝備和兩具骷髏。此外，人們認為，有一個印第安人能指出礦脈的確切位置，只要他願意。

這種事非常能激發威爾斯先生的想像力。他花了兩年時間才證明找不到它。在那之後，他四處漂泊，來到「里區」（Lee district）尋找「失蹤的小屋」礦脈，因為一個急需錢用的人，用二十美元的代價向威爾斯先生提供了有關礦藏位置未公開的確切訊息。那時，瑪弗里克再沒有任何人對威爾斯的行動感興趣了。他對任何有關探礦的事都深信不疑——只要是失蹤的礦。

這一切唯一留下的影響出現在威爾斯太太身上。在礦區小鎮，除了神職人員和職業賭徒會穿正式禮服外，所有人的穿著都很類似，但威爾斯的臉上，很快就帶著老探礦人那種值得信任的誠懇神情。

沙漠襲擊了他，也沒放過威爾斯太太、理查·威爾斯、艾斯特·威爾斯、班吉·威爾斯，以及最小的馬格塞·威爾斯。沙漠的荒涼侵入院子和房子，甚至連風琴也顯得飽經風霜。

在威爾斯先生為「白水泥」執迷的那段時間，他的家也需要貸款了。威爾斯太太的眼睛就像厭倦了旅途的牛眼，她逐漸養成用手抓著裙子前襬的習慣，令人同情——那是因絕望而變得邋遢的女人才有的習慣。在她丈夫出發尋找「失蹤的小屋」礦脈後，她突然也養成了坐著讀廉價小說的習慣，任由沒洗的盤子堆積成山。這是礦區新興市鎮婦女面對絕望時，經常用來自我麻痺的方式。

那時，威爾斯先生在沙漠邊緣，從一個營地漂泊到另一個營地，有時打打零工，但大多數時間是在無人留意的山脈中漫長且徒勞地跋涉。我不知道這個人是否誠實面對自己，這時他是否明白，關於失蹤礦脈的線索，完全只是為了擺脫一切可能的責任最差勁的藉口。事實上，沙漠攫住了他。酒桶上的所有桶箍都脫落了。威爾斯先生的理智愈來愈薄弱，如同沙漠的地平線融化在霧氣和蜃影之中。不過他終究還是繼續探險，沒有回家。

當威爾斯太太放棄對他的期待時，他已經離家將近一年了。此時她已經習慣狼狽掙扎的生活，要不是商場拒絕繼續以威爾斯的名義賒帳，她可能永遠不會意識到威爾斯先生的消失。那一年，沙漠裡出現大量乾涸的水坑，也有比往常更多的乾屍，這大致可說明威爾斯太太的處境。沒有任何充分的證據足以讓威爾斯太太穿上寡婦裝，而她也買不起那樣的衣服。

威爾斯太太和四個孩子都出去工作了，工作大概是馬佛里克唯一不缺的東西。幾個月後，威爾斯太太驚異地發現，在月底付完家裡所有帳單之後，竟然還有一點餘額。非常少的餘額。一直以來，威爾斯太太都生活在丈夫是天經地義供養者的傳統之中，因此又過了好幾個月的時間，她才終於理解，她不僅不需要威爾斯先生，而且沒有他還過得更好。

大約就在這個時候，她已經有能力幫起居室換上新的壁紙，掛上蕾絲窗簾。第二年春天，孩子們在前院種了玫瑰。鹽溪的溼地區有瘦瘦的郊狼母親和各種野生動物，或許是牠們讓她明白，大自然絕不會犯錯，不會讓撫養孩子的母親養不活孩子。威爾斯太太沒有在野獸巢穴裡研究過生活，她的生活觀大多來自教堂和父母，而在擁有自主權的全新感受的同時，她也有某種淒涼孤獨與受人忽略的苦。事實上，她豐腴了些，也強壯了一點，走路時帶著活力。她不再指望威爾斯先生。沙漠擁有了他，至於會有什麼用處，那就不是威爾斯太太所能想像的了。就讓沙漠留下它得到的吧。

第三年的夏天，她重新恢復了一定的自信，這讓人相信，在威爾斯先生與她結婚時，她一定很漂亮。在礦區小鎮，沒有任何女人能隱藏這樣的美而不被發覺。威爾斯太太心裡有許多偏見，那是威爾斯先生擔任主日學校校長助理時留下的，因此她不願意聽到離婚這個詞。然而，當隨絕望而來的不修邊幅逐漸從她身上消失，當她抬起頭，開始擁有一起喝茶的友伴時，就在夏天結束前，某人向她提過離婚的建議。也就在那時，威爾斯先生回來了。

事情就這樣發生了。十四歲的班吉．威爾斯在駕駛貝德洛克郵遞馬車時，因馬匹失控發生事故，他在事故發生時處理得當，但撞裂了顱骨。車禍的消息由當地報紙傳到了圖諾帕，又從那裡傳到南邊的喪禮山，當時威爾斯先生在那裡為合資探礦進行一項特別的探勘。他得知了這個消息。也許是因為他發現那裡什麼都沒有，也許是因為身為人父的焦慮，在醫生宣布男孩脫離危險的那天傍晚，他回到了家。

那天晚上正輪到我值夜班。我記得，當時輪值前一個班的梅耶太太正向我說明有關藥物的事，一位鄰居女子端著一碗卡士達醬從後門走進來，醫生和威爾斯太太一起站在等候室裡。就在那時，威爾斯先生穿過堆滿雜物的幽黑門廊走了進來，舉起手遮擋眼前的燈光——也許是遮掩臉上的愧疚，誰知道呢？

我看見威爾斯太太渾身顫抖，一隻手按住胸口，好像有人打了她。我看過馬匹在越過埡口時，由於沙漠灼熱的狂風包圍，像那樣因震驚而猛然停下動作。那是痛苦的一擊。我記得我很快轉過身子，在醫生匆匆示意下，關上等候室和班吉之間的門。

「今天晚上別讓那孩子看見你，威爾斯。」醫生說，沒有一絲歡迎的意味：「他不能激動。」他一說完就盡快離開現場，鄰家女子和我也走了出去，在後門的台階上坐了很久，試著談論威爾斯以外的話題。當我最後終於又走進屋裡時，他坐在莫里斯搖椅，手裡把玩著肥皂包裝紙，向梅耶太太解釋，為了看他親愛的孩子，他放下了多麼富裕的前景。然而，在我當班時，他可愛的孩子連看他一眼都沒有。

威爾斯先生像陰影般籠罩他的家庭。一個為了探測失蹤礦脈而如此瘋狂的男人，絕對不適合再做其他事。彷彿沙漠不僅在吸乾他的生命後把他拋了回來，更在他的家中攫住了威爾斯太太。幾個星期之後，你能看見某種黯淡悄悄從她的裙子上爬到她的頭髮和臉，並且蔓延到屋子和門廊。威爾斯先生很高興家境有了改善，卻忽視了家境之所以改善的關鍵；在厭倦了礦工伙食之後，妻子的料理異常可口，他的兒子也令他感到驕傲。他不再需要沙漠了。他不需要。「沒有任何地方比得上家。」威爾斯先生這樣說，或是說了類似的話。

只不過他把沙漠也一起帶回家了。如果是在其他時候，如果威爾斯太太不是因牽掛班吉而痛心，她可能會和這沙漠搏鬥。然而，將家人與這沉重陰影分開唯一實際的辦法，就是和威爾斯先生離婚，但威爾斯太太所屬教堂只有在另一個女人存在的情況下才准許離婚。

我想，大概在威爾斯先生堅持要控制兒子的收入時，威爾斯太太起身反抗了。她威脅要離婚，但神職人員出面了；教堂出手干預，讓她可憐而猶疑的靈魂退縮了。牧師本人剛從東部來到這裡，他不明白，對待沙漠必須像對待女人和行為不檢的人那樣；他以為沙漠是地圖上的一個地名。因此他對威爾斯太太完全幫不上忙，也無法操控她、阻止她。荒野的力量像某種破壞力的疾病般瀰漫這個家。

大約在這個時候，威爾斯太太重新讀起了小說；大兒子漂泊到圖諾帕，班吉開始把帶回家的薪水留下一部分給自己。威爾斯先生準備收集有關某地點確切位置的錯誤訊息，據說「假腿」史密斯應該在那裡發現了曬黑的金礦。他不太常提起這件事，就像他說的，他受夠礦山了；然而，每當談到關於「假腿」的事時，我發現威爾斯太太微微出現高興的神情，目光漫遊到不為人知的陰暗空間；她的眼神當中沒有你可能假設會出現的憎恨，反而是某種希望，彷彿她猜想的和我確信的是一樣的東西——時間一到，那不知饜足的怪物就會伸手把威爾斯先生再次帶走。

而這一次，如果我對威爾斯太太的了解沒錯的話，他不會再回來了。

71　威爾斯先生返家

最後的羚羊

第三個夏天過後，
皮特開始在羚羊身上覺察到對方的友善。

羚羊把牠對人的恐懼忘記了一半。
牠信任地凝視著他，聞著羊的味道、
未經觸碰的土地味道、他頭髮裡的木煙味道。

他們無言地互相陪伴著，
用彼此理解的方式默默協助對方。

「孤樹泉」邊的那棵杜松上有七個V字形刻痕，因為小皮特在塞里索（Ceriso）的窪地裡放羊時，在那裡度過了七個夏天。

他第一次來到這裡的時候，把斧頭砍進樹幹裡，想把它劈成柴燒，但後來想了想，又像老友似的拍了拍它，友善地只削下一小部分。他跟著羊群從「小羚羊」山谷一路來到塞里索，走遍了這片無樹多風的地區，因此對他來說，即使是一棵孤獨的杜松也顯得友善。況且，小皮特是個友善的男人，只不過他舉止羞怯，必須用上全世界最強的意志才能讓他的舌頭動一動；他也無法整天維持友善的神情。這個快樂夥伴的靈魂，和他自己的羊有著相同的神情和舉止。

他像對待兄弟一樣愛著自己的狗；他是野生動物的近親；他與擁擠的群山相處融洽；他與群星交談，在心中向它們傾訴他的舌頭所遲疑和拒絕的一切。他知道每頭羊的名字，對野獸蹤跡和季節變化滿懷尊重。他走路時嘴唇輕輕翕動，但沒出聲。如果是你又會如何？一個人終究需要夥伴。在沙漠群山中牧羊的人，在對待自己同伴時，最後若不是會變得殘酷，就是會用不同方式來看待同伴。小皮特把他的羊當成了人。他能在牠們身上發現可愛的特質，也能看出無生命之物的特質和性情。

對於稍熟悉一點的人，他從來不會流露出這一切。事實上，他看起來比自己的狗還不重要。他身形瘦小，頭髮蓬亂，目光游移不定，每年可能只在剪羊毛時和羊一起洗一次澡。他身上裹著一條毛面朝外的羊皮，用來把破舊的衣服固定在身上。在炎熱的天氣裡，他把樹葉編成花環戴在頭上，用嫩枝在羊群散布的灌木叢中為自己搭遮陽棚；他看起來像半人半獸的牧神，或是從異教徒時代跑出來的林中怪物——不過，異教徒不會像他這樣，在飽經風雨的毛茸茸胸前戴著聖心項鍊（Sacred Heart）。每回他在羊群紮營或修剪羊毛的地方出現時，人群裡總會傳出拍打前額和竊笑的聲音，但知道關於他的羊群故事的人，都會說他做得很好，並且幫他調整薪資。

小皮特年復一年保持相同的游牧路線。春天剪完羊毛後，從拉利布爾（La Liebre）出發，向南繞過皮諾斯（Piños）山腳，沿著短暫而猛烈的陣雨留下的痕跡朝沙漠蜿蜒前進，然後在七月抵達「小羚羊」，為「巴士底日」[8]喝一瓶。就這樣，抵達塞里索時，罌粟花火已接近尾聲，成群鵪鶉聚集在中午微溫的池塘邊。

塞里索算不上台地，也不是山谷，而是一個大約幾哩寬、早已封閉的火山口，火山錐邊緣參差不齊。它從傾斜的台地上陡峭升起，呈暗紅色，黑山（Black Mountain）俯瞰著它，讓它看起來像一隻在蜂蜜色群山之間吃草的紅牛。這些山頭又圓又鈍，從巨大火山口和台地邊緣朝著漫長陰暗的「小羚羊」蜿蜒而下。它的斜坡朝外延伸，與山丘輪廓、隱蔽的火山錐混雜在一起，古老的熔岩穿過了它，流過西邊的山凹和水源峽谷。在峽谷裡，冬雨的洪流將岩壁沖出深溝。

它的水道及杯狀的窪地，和所有沒有出口的池塘一樣又苦又鹹，面積隨著周遭大片的蘆葦而擴大或縮小。在塞里索，沒有東西比蘆葦高。風穿過蘆葦時，用一種恐怖的低語填滿所有空隙。一道泉水沿著古老熔岩側面的峽谷涓涓流向「小羚羊」，只為了那佇立一旁的孤獨的杜松。在抵達黑山山腳之前，看不到其他的樹。

小皮特的羊群，一頭未打烙印的迷路小牛，一個前往黑山的探礦人，一頭孤獨的羚羊。無論何時，會經過塞里索的只有他們了。羚羊是最有理由經過這裡的。當牠依循古老的習慣來到這裡時，腳步輕盈的羚羊群已經從這裡漫遊到海岸山脈（Coast Range）那飽受霧氣滋潤的美好峽谷；當小羚羊能在母親身邊一起奔跑時，公羚羊登上了多風的台地。牠們不會越過界定人類活動範圍的屠殺界線。

「小羚羊」地區保有緩慢的規律。每一年，那頭羚羊會在固定的時間走出「孤樹泉」峽谷，這時，小皮特和羊群也來到塞里索。他確信他們彼此都很高興能看見對方。確實，對他們來說，他們是當地可見最友善的生物。在羚羊漫遊的範圍裡，一切大抵相安無事，但終究也有完全不在意打破這慣例的山間居民——郊狼。牠們不分季節地追逐羚羊，把牠趕出草地，將牠和池塘隔開，接力追趕牠，在滿是陷阱的黑岩石之間伏擊牠。

8 巴士底日（La Quatorze Juillet），指七月十四日法國國慶日。

小皮特第一次把他的斧頭砍入杜松樹身時，有七頭郊狼在塞里索東部遊蕩。牠們鬼鬼祟祟，悄悄移動腳步，眼神邪惡。許多個黃昏，這位牧羊人看著牠們輕輕跑過火山口的窪地，羚羊忽隱忽現的臀部顯示出追逐的過程。不過羚羊總是跑得比較快，或用機智勝過牠們。牠會奔到高而崎嶇的山脊，沒有任何裂蹄動物能跟得上一連跳躍前進二十哩的牠。許多個早晨，在燃燒蒿草、火光抖動的火堆旁，小皮特留意著鍋裡的食物，看見羚羊一邊吃草，一邊朝「孤樹泉」而來，看起來帶著哀傷。郊狼整夜用嘲弄的聲音談論他們。牧人和郊狼永遠不會對彼此有好感，而熟悉叉角羚的人都知道，羚羊的主要優勢就是速度比郊狼快。

第三個夏天過後，皮特開始在羚羊身上覺察到對方的友善。清晨，這位牧羊人看見牠從藏匿處起身，或經常會來到他在用來嚇唬郊狼的火堆旁躺過的溫暖窪地。中午時分，在霧濛濛的窪地裡，陰影聚攏，緊緊黏在杜松和鼠尾草下方，他們以各自的方式度過正午。然而，在半陰半晴的天氣，他們會拉近彼此距離。

這個慣例開始建立後，羚羊就把牠對人類的恐懼忘記了一半。牠信任地凝視著他，聞著羊的味道、未經觸碰的土地味道、他頭髮裡的木煙味道。他們無言地互相陪伴，用彼此理解的方式默默協助對方。羚羊引導皮特找到最好的牧場；羚羊喝水時，皮特不讓羊群攪渾泉水。夜晚，當郊狼藏在灌木叢中嘲笑他時，這位牧羊人也模仿郊狼的腔調加以嘲弄，佯裝願讓牠們獵殺自己最好的羊羔。然而，當牠們在遠處狩獵的號叫聲讓他從睡眠中驚醒時，他就會盡情詛咒牠們。在這樣的時刻，他總會想到羚羊，並希望牠平安無事。

八月初，皮特從「孤樹泉」對面西側的山坳出發，沿著火山口崎嶇的邊緣放牧，在溪谷中上上下下，在兩個月內將窪地裡的植物一掃而光；如果冬天潮溼，他在這裡停留時間就會再拉長一點。在這七年當中，這個牧羊人和羚羊已經非常熟悉彼此了。羊群在哪裡吃草，羚羊就在哪裡吃草；牠與狗保持最遠距離，但最後也和羊群臥在一起了。

在一個少雨的季節過後，牧草不多。羚羊的腰腹逐漸消瘦，兔子成群前往灌溉地，因饑餓而更加焦躁的郊狼對羚羊逼得更緊。就在一個煙霧濛濛、令人厭倦的日子，天空擁抱著大地，所有聲響都從羊毛似的大氣中跌落，沉悶地消失在灌木叢間，此時，郊狼追逐著高大的羚羊。羚羊氣喘吁吁，絕望萬分，筋疲力盡地來到無知的羊群中避難。那群郊狼害怕牧羊犬和牧羊人，號叫著，但不敢靠近。羚羊站在那裡進退維谷。牠陷入危機，但面對著牧羊人，極需語言協助溝通。

在這方面，牠幾乎和小皮特具有相同天賦。這兩個沉默的夥伴非常了解彼此。他們之間出現了某種信任，某種全然信賴的信任。羚羊低下頭，讓劇烈喘息的胸脯平息下來。牧羊犬將分散的羊群聚攏，向前移動，在距離羚羊最近的地方形成一小塊空地。羚羊跟著羊群一起移動，開始吃草。在這之後，小皮特的心友善地溫暖著羚羊，郊狼則開始對小皮特進行報復。當天夜裡，牠們施計誘開牧羊人的狗，偷走他兩隻羊羔。

那幾個季節讓羚羊和小皮特建立了友誼，也在這個牧人的臉上留下痕跡，讓它和飽受風吹日曬的山丘更像了。泉邊的杜松枝繁葉茂，有希望活得比他們更長久。犁過的土地從較低矮的山谷一哩又一哩地延伸，在塞里索山腳下，一個取得政府分配土地的孤獨移民為自己蓋了一間小屋。

七年的時間能讓一頭郊狼學會不少東西。塞里索的郊狼熟悉了小皮特和羚羊的活動方式。隨著歲月推移，相信牠們已留意到，羚羊的腰腹變瘦了，腳步也不再輕鬆自如。羚羊想必老了，為了掩飾自己的力量逐漸衰退，牠和牧羊犬休戰了。如果牠比羊群早出現或晚離開，對牠來說都很危險。儘管如此，羚羊似乎很了解郊狼。牠會等到鹹澀的池塘逐漸乾涸，周圍只剩一圈蘆葦，陽光將斜坡上的青草曬得卷曲時，才在這裡現身。

某種野性的感覺似乎在牠與牧人之間甦醒了，讓他們意識到彼此的關係緊密。當小皮特趕著羊群出現在西側山坳處時，他會看見羚羊的叉角在谷口那片圍牆般的黑色岩石之間升起。他們一起穿過火山口，互相作伴，直到抵達櫟樹形成的邊界後，小皮特沿著牧牛場的圍籬轉彎，往北前往拉利布爾，羚羊則避開所有人類出沒的路徑，一天比一天走得更遠，走進樹木叢生的山丘，無法預料接下來會發生什麼。

每年，在特定的時間，那個在此定居的移民看到羚羊在塞里索出現兩次。第三個夏天，他看見牠時，只見在黃褐色山崗的背景下，一個白點緩慢移動著。他取下步槍，匆忙奔進火山口。那時，他的小屋矗立在定居地點最遠的那一頭，在這麼遠的地方，法律鞭長莫及。

「最後郊狼會得手，不如讓我殺了牠。」定居移民說。事實上，他是被掌控一切的欲望所左右了。那是讓人類進入新土地的最大動力，他們認為，新土地上的所有生物都被交付在他們手上。

一直在觀察谷口的郊狼一看見他就提高聲音，發出悲哀的長號，警告其他躲在灌木叢中看不見的哨位裡的同伴。定居移民也聽到了，他壓低聲音輕聲詛咒著，一來是因為牠們會嚇跑他的獵物，二來是因為他渴望得到這隻號叫者的耳朵。法律允許他這麼做。每當他進入塞里索，沒有任何郊狼會讓耳朵或尾巴露在鼠尾草之上。

下午逐漸消逝，定居移民一直藏身蘆葦裡，郊狼也已經忘了他的存在。在他左手邊，無風的地面騰起了灰塵，那是小皮特的羊群沿著火山口邊緣移動著。在泉邊守望的郊狼首領，捕獲一隻長耳大野兔，正在黑岩石後方靜靜進食。

在此同時，那最後的羚羊輕盈而篤定地沿著山谷走來，經過黑岩石和孤獨的杜松來到塞里索。羚羊對小皮特的友誼出賣了牠。牠帶著某種回家的感覺而來，盼望著羊群和人類的保護。牠輕率地信步走進開闊之地，豎起耳朵，尋找鈴鐺的叮鈴聲，但聽到的是槍枝後膛發出的喀噠聲。定居移民忽然拉起步槍準星，一聲魔鬼般的短促號叫，傳遍了火山口邊緣難以估算數量或距離的溝壑。

那一刻，小皮特正在擔心朝斜坡向上走的羊群，斜坡上的古老熔岩殘跡中滿是混亂刺耳的鈴鐺聲。他花了三個星期從「小羚羊」爬上斜坡，又在嚴重缺水的沙原（Sand Flat）裡走了三個星期。這一路上，他沒有見過任何同類。他心中充滿溫暖期待著杜松和羚羊，並且在台地小徑的白色塵土中發現了羚羊的蹄印。很少男人能贏得小皮特尊敬，但他也沒有時間和女人相處，羚羊是他愛過最高貴的生靈。

羊群湧進山坳，在山谷中呈扇形散開，在牠們身後，小皮特揮著手裡的木棍，喉嚨發出沒有字詞的快樂聲音，期盼見到朋友。當他聽到獵捕的號叫聲時，大叫：「唉！牠們又在要詭計了。」然後用英語發出一連串斷斷續續的詛咒，因為他看見那些號叫的郊狼打算做什麼。

小偷的兒子被稱為郊狼[9]，有人認為這名字來自於郊狼的第六感，因為那正好彌補人類話語——人類言語及隨之而來的行動——的不足。只有第六感，才能讓牠們採取可怕的接力賽，才能捕獲速度最快的獵物。

牠們就是這樣精心安排了與羚羊在塞里索的最後一次追逐：兩頭郊狼從黑岩石展開行動，將羚羊趕往冬季急流留下紅色疤痕的地方；還有兩頭在一起風時就離開窪地出口，其中一隻擋住通往崎嶇山脊的溝壑，另一隻從光滑斜坡底部的灌木叢裡跳出來，與羚羊平行奔跑，將牠逼進開闊之地。牠們率先展開這一連串衝刺行動後，輕鬆地交給下一棒進行另一回合的追逐。

牠們在火山口的窪地裡來回奔跑，整個追逐過程中腳步輕盈，狡猾地靜靜等待時機。這是一場壯麗的奔馳。當羚羊一離開西側山坳、聽見小皮特的詛咒聲和友善羊群亂哄哄的聲音時，一切也幾乎同時告一段落。

移動的羊群捲起的淡淡灰塵盤旋著，顯然追逐已經停止。羚羊氣喘吁吁奔過開闊之地，腳步踉蹌了幾次，但又以驚人毅力站起身子，薄薄的鼻翼滲出鮮血。郊狼看見後開始包圍牠，又快又狠地撲上去。牠們尖尖的耳朵和鋒利的牙齒撲向牠的喉嚨，一堆灰色軀體壓倒並淹沒牠。接著其中一隻開始號叫，一隻被踢得一瘸一拐地走開，另一隻走過牠身邊，隨即一躍而起，撲在牠隆起的肩上。這時，躲在水邊蘆葦叢中的定居移民舉起槍，扣下扳機。

那天，所有的狩獵好運都降臨在定居移民身上，因為他用一發子彈就殺死了羚羊和一頭郊狼。儘管有那麼一刻鐘他必須面對一個令人厭惡的發瘋牧人，擔心對方會告發他，但他終究還是帶走了最後的羚羊，把牠扛在肩上，毫無愧意地拖著沉重的腳步離開了。

那群郊狼觀察著他，直到確認他走下山谷後又回到殺戮戰場，並且因為有所獲而欣慰。牠們拖走郊狼首領的屍體，然後吃掉牠。牠們還留意到，定

9 郊狼（coyote）在英語裡也有惡棍、壞人之意。在美國許多原住民傳說當中，郊狼經常以小偷角色出現。

居移民也帶走了首領的耳朵。

小皮特只是躺在草叢裡哭泣，眼淚流過臉上經年累月的汙垢，留下蒼白的痕跡。他因為這非比尋常的死別而飽受痛苦折磨。如果他沒有在洛斯羅布斯草地（Los Robles）停留太久，如果他在沙原小路上再走快一點——然而，他所遭遇的這一切其實無法避免。這無法改變的事實，讓他萎靡不振，就像水氣蒸發或露珠乾涸。

從那天開始，塞里索失去了最重要的本質。它成為一片荒涼的窪地，帶著微微的紅色色調，黯淡無光，其間點綴著鹹澀的水坑，牧草比以往更貧乏。他的眼前時時刻刻都會浮現他們過去在山谷裡漫遊的影像；他在泉邊尋找如今已經消失的足跡。

在西側山坳前方，有那麼一個地方，他再也不會在那裡放羊了。那裡的青草持續挺立著，因為草葉上乾涸的痕跡而逐漸變黑。他把羊群集中在起伏的斜坡，在那裡，由於地平線的關係，讓人以為火山口並不空蕩。在夜裡，他的心因為聽到拖長的號叫而顫抖，但只要一想起自己再也沒有什麼需要擔心的，他的心又會再次顫抖。

三個星期後，他從另一側走出火山口，之後再也沒有走上那條路。杜松翠綠地立於泉邊，直到定居移民把它砍倒當作柴燒。在塞里索的窪地，再沒有其他東西高過瑟瑟的蘆葦了。

曾經有個男人，帶著鋪蓋、帳篷和攜帶式澡盆，開車穿過這個沒有邊界的國度。他寫了一些關於這個地方的有趣故事，只不過大多數都不是真的，例如，響尾蛇趁著夜晚盤蜷在某人毯子下，因此隔天早上男人有機會展現英雄本色，但對一個在這裡生活了十七年的人來說，這是從沒聽說過的事。故事裡也有人重新發現失蹤的礦脈，但這從來沒發生過。故事裡還有極具魅力的印第安女子，男人娶了她們之後就消失在故事裡，也帶走了原該出現的快樂結局。我的確認識一個娶了他的**瑪哈拉**[10]的男人，但他後悔不已，認為自己因而失去許多機會，而那是個不值一提的故事。

10 **mahala**，美國原住民語言中的「女人」或「妻子」。

事實上，只有人與人競爭時，才有所謂的勝利與喜悅。如果是與無法改變的力量抗衡，人類往往是臣服的一方，除非過程非常激烈才有足夠的戲劇張力，而且結局往往是死亡。最好的結局，是他為自己保留些許尊嚴，也讓友人留下甜美的回憶。

長久以來，我試著理解為什麼大多數人無法接受故事裡談到死亡。在令人激動的時刻被奪走生命，在廣漠的空間與無盡的寂靜裡遭到吞噬，單純回歸純粹的本質——這根本不需要哀悼。然而，有一回我參加了一場基督徒葬禮，十五年不曾出席這類場合的我，較能理解原因了。

死亡總令人聯想到一群舉止謹慎、彼此生疏的人，以及現代葬禮的種種行禮如儀。這些人戴著浮誇的帽子相互致意，垂墜工整的帽子下潛藏著炫富的氣息。因此，在甜水塘（Agua Dulce）發生的一切有多麼不同，也就不難理解了。

甜水塘

有段時間我似乎無法忍受沙漠，
也無法忍受微弱的火焰，
但是我走過來了……

有時，只有在像這樣的春天，
當我聞到紫花鼠尾草燃燒的氣味，
它讓我想起……
她在甜水塘時那充滿愛意的樣子……

那天，洛杉磯特別班車來得太晚，要不是曾到學校接我的莫哈維驛車駕駛向來留意我說過的話，我絕對趕不上車。我在車站朝他揮手，他駕駛的四輪馬車在寬闊的街道上搖搖晃晃的，風吹得塵土飛揚，讓人什麼都看不清，也吹得我不由自主朝著載滿行李的舊馬車前進。

當我爬上駕駛旁的座位，風把我的裙子裹在馬車的鐵齒輪上。當我們把小鎮拋在身後時，它又撩起我的帽子，尋找我的髮夾。不過它是沙漠的風，帶來太陽下山後雜草和蒺藜類植物汁液的氣息。就這樣，因為離開它而非常不快樂的我，此時又因為重新找到的快樂而沉醉；還有，以目前情況來看，在抵達「十八哩屋」（Eighteen-mile house）之前，一路上不會有適合上廁所的時機，我只能滿心歡喜地緊抓著馬車搖晃的前座，任風為所欲為了。天空像著火般明亮，帶著番紅花的橘黃色調，群山滿是紫羅蘭色的陰影。轉過「亡者之岬」（the point of Dead-Man）時，我們看見派尤特人的尖頂茅屋，還有火光在小爐裡的鼠尾草之間閃爍。它們看起來有一種家的感覺。

駕駛對著沙漠漫不經心的說：「有些人認為印第安人稱不上人類，只是牛的同類。」接著，當我們嘎吱嘎吱地搖晃前進時，他發出咒罵聲，讓馬聚攏在一起，隨即以一個引人反感的手勢阻止我想讓傾斜驛馬車平衡的本能反應，於是我因受到冒犯突然坐直了身子。

「你不需要這麼做。」他沒怎麼意識到自己的舉止，一面說，一面繼續凝視著派尤特人的爐火。這時我知道，有一個故事和那微弱的火焰、和那些像家一樣的茅屋有關。幾個小時之後，我們進入「紅岩」（Red Rock）上方的台地，宛如白色泡沫的星光布滿我們頭上的黑色穹頂，白色的道路穿過數哩長的低矮黑色鼠尾草。我們來到了故事的關鍵地點。

「就是那裡。」他揮動鞭子，指著漆黑的海灣說：「那時我為麥肯納評估礦脈，就在那個不知名的遙遠世界的盡頭，我……和一個印第安女人在一起了。」他匆匆跳過這段自白，試圖避開可能引來的責難，接著告訴我，麥肯納怎樣丟下他，讓他在一個叫甜水塘的水坑旁做了三個月的苦工，距離他原本以為要去工作的礦區有一、二哩遠。

「因為那樣比運水便宜。就只有我一個人。麥肯納發展事業時不喜歡引人注目，原因我一直想不通。他大概一個多月來看我一次，我實在寂寞得不得了，」他笑了笑，接著說：「直到和卡塔梅內達在一起，才不再孤單。

「白人女人似乎沒辦法理解，為什麼男人要和瑪哈拉在一起。她們認為那糟透了，因此看不起這樣的事……也許有些人是這樣……但他們不像……不像我和卡塔梅內達……男人身上有些東西是他同族類的女人永遠不能理解的……就算你花了一輩子想讓她們了解也沒有用……沒錯，有時她確實給你帶來麻煩……但那並不糟……我不知道到底是為什麼，只知道那不全是壞事……但卡塔梅內達……她明白……我很高興有她在身邊。」

風在鼠尾草之間平息下來，天穹之下發出最大聲響的，只有車輪輾壓聲和馬具碰撞聲了。這時，他把話題拉了回來，說他在甜水塘待了一個月，每天來回於礦山和住處之間。他有一套簡單的宿營裝備，用一塊方形帆布蓋著，上面壓著石頭，以防被風颳走，還把大部分補給品藏在泉水後方。一天黃昏，他在甜水塘發現了一個印第安人的營地，為此暗自慶幸。

「你知道這些沙漠裡的部落是怎麼一回事，」驛馬車駕駛說：「每個營地看起來都像已經存在了一百年，但他們離開後留下來的，只有前一年的鳥巢。他們就只是像角蟾一樣，從一無所有的土地裡爬出來，又在沙中消失無蹤。不過他們很友善……算友善吧，如果你能了解他們的話……他們會說的英語還不少……晚上冷得讓人發抖時，他們會圍在小小的火堆周圍說笑話……很好的笑話……有個老兄真的很有趣……他說完後還會再用英語解說一次。對了，當他們唱起歌的時候……當火焰點燃，歌聲從黑暗中傳來，你看不見他們的膚色或上面的髒汙，你會忘記他們和你不同族類。」

「就這樣，」他沉默了好一會兒之後說：「營地遷徙到另一個地方的時候……卡塔梅內達……她留了下來。」

有關這一段，我知道的只有這些。「卡塔梅內達留了下來。」這句話和他聲音中的顫抖，顯露了他內心當中只有印第安女人才能理解的東西。它們透過他貧乏的語言照亮了四周，就像那些如今已經熄滅的火焰。

「甜水塘，那是很美的地方，」他說：「泉水從黑色岩石中流出來，咕嚕咕嚕地流進一個盆地。泉眼後方有一叢開著粉紅色花朵的灌木，有水流過的沙子上會帶著一點點綠色……其他地方都是又小又矮的紫花鼠尾草，不然就是充滿皺摺、色彩豐富的山丘。有些鴿子在開花的灌木中築巢，牠們不怕人……梅內達會餵牠們。」

他沉默了，鞭梢在沙地上拖著。在他再次開口之前，有好長一段時間，我在心中猜想他有多年輕，還有，他在甜水塘喝著甜美泉水時一定更年輕。

「她充滿了愛。」他說。

忽然間，我看見了完整的故事。在他開始吞吞吐吐講述之前，我心裡大概有了故事的架構，等到他繼續往下說，我又重新打造一個更大的架構。

他說，每當他晚上從礦脈回家時，如果沒有撫觸她，她就會開始頹喪傷心，淚流滿面，像受傷的孩子般悲傷抽泣，但只要他把手放在她的髮上，她就會停止哭泣。有時，他想再看見她為了表示堅定心意時出現的溫柔神情，以及臉上的紅暈，這時他會刻意顯得冷酷無情，而且嘲笑她從來看不出他是故意這麼做的。甜水塘的水確實是甜的。

此時，我知道故事已逐漸朝著某個非比尋常的結局發展。那讓它超越了始亂終棄的粗俗冒險故事，因為那男孩身上沒有怯懦，他不會把女人的溫柔拿來說嘴。還有很長一段時間才會抵達「郊狼穴」（Coyote Holes），我打算在那之前讓他把故事全說出來。

結局來得非常快。他們因幸福而變得粗心，疏忽了貯藏的補給品，種下了禍根。有一天，他在礦山，卡塔梅內達在黑岩設網捕鵪鶉，一個順手牽羊的探礦人偷走他們的儲存物品，讓他們落入食物短缺的悲慘困境。荒漠橫亙在兩人和任何可能的補給基地之間，必須跋涉五天才走得到，而麥肯納要到二十九日才會抵達。他們取出庫存，決定以低於標準的分量撐到麥肯納出現為止。他們對這個方法感到滿意，因為他們這麼年輕，卡塔梅內達又知道用根莖和草藥彌補食物的不足。她向他承諾，他會學會吃蜥蜴的，就像印第安人那樣。

然而，男孩突然因為痢疾生病了，他認為原因可能是卡塔梅內達過於節省罐頭食品。就在他病倒時，沙暴來了。在風暴到來的前幾天，女孩就以印第安人的方式感覺到了，但由於虛弱和缺乏適當照料，他變得頭腦遲鈍，忽略了她的警告。然後，一個狂風大作的夜晚降臨了。隔天早晨，一道黃色的雲牆出現，從南方逼近。

甜水塘附近遍地堅固的岩石和不斷變化的沙子因為風而移動，發出尖利的瑟瑟聲。通常，如果颳風的時間超過二十四小時，沒有任何路徑能在這樣的沙地上保留下來，何況這次風吹了三天。

「時間是什麼？」他說：「我整夜醒著，躺著把它一遍一遍地琢磨。有些時候我會想，我應該能處理得更好；但有些時候，我不知道自己能不能做得更好。我病得很重，沒辦法想太多，梅內達也非常不安。一切都是為了去和麥肯納碰面，他本來應該到我們這裡來的。梅內達認為他會在『養蜂人』那裡待到風暴過去為止，所以不會知道我們身處困境，可是風會吹上三天。我不知道她怎麼知道的，但她就是知道。她不停地彎起手指告訴我有多少天，忘記了我教過她的英語。疾病讓我幾近瘋狂，所以我放棄了。我不知道該不該在甜水塘再堅持下去。當然，那時我不知道我們該這麼做。」

他們帶著水壺和僅有的食物，朝下一個水源處出發。到了中午，沙暴趕上了他們。風不斷推著他們走，他們緊緊沿著風的邊緣前進，不算太難受。男孩虛弱得可憐，卡塔梅內達笑著，用她結實年輕的身軀支撐著他。黑暗早早降臨，風逐漸增強，對著他們怒吼。夜裡，男孩受寒了，開始發燒，卡塔梅內達不得不藏起水壺，以節省原本就不多的水。

他們本該當天就抵達第一個水源，卻直到第二天中午才到目的地。風暴一直在他們前方，到處都是乾淨的白沙光滑地飄移著。等到下一個冬天，泉水也許會滲出地表，但此時他們無法猜出哪裡能挖到水。他們不停地走，卡塔梅內達牽著他的手。這一天，他們迎著風。女孩的頭髮向後飄揚，他用它擋在眼前，抵擋沙子打在臉上的刺痛。水和食物剩下的量比他預估的多。

他說，夜裡，當風發出催眠般的聲音時，他覺得卡塔梅內達一定把他喚醒了，因為他似乎記得用雙手和雙膝爬了很長的距離，其他時候他就倚在她身上，聽見她的聲音，但似乎看不見她。他們一直在狂暴的風中和令人窒息的刺骨沙塵裡跋涉。

「我不知道梅內達是怎麼拖著我走的，」他說：「但是她做到了。我唯一記得的是黑山山腳下玄武岩陡坡的起點，還有離開它之後泉水的滴答聲，儘管泉水離岩石還有兩哩。我早就餓過了頭，但在嚥下水的時候還自然地說著笑話。那水一點都不好，也不像甜水塘的水，但卡塔梅內達似乎一點都不在乎。」

說到這裡，他停頓了很久。如果我不夠了解他，會以為他想讓我知道的完整故事就是這樣了。最後，他繼續往下說：

「我想那時我神志不清了，不然應該會感覺到出了什麼事，但我的確什麼都不知道，那也許是最好的。我不可能什麼都不做。我們躺在沙上，又累又虛弱，風繼續颳著，我們在陡坡下無法呼吸。我聽到她微弱的哽咽聲，過了一會兒，她開始悄聲說話，用她自己的語言，而且聽得出她在喊媽媽……她還不到十七歲，我應該想到的……天氣又冷，我的毯子掉在路上，我也不知掉在哪裡……我把她緊緊抱在懷裡，打著寒顫……過了一會兒……她認出了我，像過去那樣用手摸著我的臉……像我教她的那樣，用英語說『很好的男孩，很喜歡』。在那之後，似乎過了很久，明亮的早晨降臨，風也平息下來……她的頭髮垂在我臉上……她的身體沉沉地靠在我的手臂上……

「我坐起來，把她放在沙地上……對她來說，她承受太多了……她這麼年輕……她把所有的食物和水都給了我……在那之前我沒有察覺到，但這時一看到她就明白了……我猜她大出血或……她的臉上和袖子上都有血，看起來她用袖子擦了嘴。」

一頭郊狼在黑暗之中朝著甜水塘的方向號叫，夜色因為黎明即將到來而變得清新。

「到了中午，麥肯納到了，我們埋葬了她，」他扼要地結束故事：「就在一棵開著粉紅色花朵的灌木下，因為她喜歡這樹。在那之後，我在山谷中的一個大牧場工作了兩年……有段時間我似乎無法忍受沙漠……也無法忍受微弱的火焰……但是我走過來了……你知道那是什麼感覺。」

「是的，我知道那是什麼感覺。」

「但我以為不會有人知道那是什麼感覺。」他帶著沉思的表情繼續說：「我不再想她已經死了，也不再回憶我們有過的艱難時刻……但有時，只有在像這樣的春天，當我聞到紫花鼠尾草燃燒的氣味……它讓我想起……她在甜水塘時那充滿愛意的模樣……」

像這樣的男人的故事讓人感覺滿足多了，因為他告訴你故事的一切，他發生的事，他的感受，當他述說時，他認為自己的情感也是事實的一部分。但女人並不。女人一直不太了解自己的情感，除非那些情感與故事有關，但即使如此，她們會將它們排除在故事之外。

十八哩屋的女人

她想起的是最後那個難以捉摸的時刻，
那個她觸及了預示他命運陰影的時刻……

她的身上帶著沙漠的印記。荒涼的心！
而我知道是什麼樣的靈魂的痛苦造就了那種印記！

「你承諾過的。」她說。
「承諾就是承諾。」我發覺自己對此有所保留。
那個承諾不該比她一生還長的。

很久以來我就希望寫一個有關「死亡谷」的故事，而且是關於它的最後一個故事。我打算從那裡可能發生的有限事件中挑選一則來寫。那個地方充滿如此安靜但殘忍的氣氛，我早該脫身，讓自己能將心思放在其他事情上。自從得知在「亡者之泉」發現了朗的屍體的那一刻開始，我知道我已經找到了那個故事的線索。

告訴我這件事的是一個車夫，他在麥吉的店停下過夜。他塊頭大，行動緩慢，面孔和其他特徵看起來平平鈍鈍的，好像還沒準備好黏土就被放棄了。他的聲音大而粗魯，嘴邊滔滔不絕說出的話很沉悶。造成他鼻子和下巴輪廓扁平的作用想必也影響了他的大腦，因為他從來沒辦法完整表達任何想法；他不知道從哪裡開始，在哪裡結束，接下來是什麼，完全無法確認。他把死掉的朗記成隆，記不得殺他的嫌犯是誰，又為什麼殺他。

我們在「罪犯湖」圍著火談天時，車夫分享了「亡者之泉」事件，那是他經歷當中唯一符合地名含意的恐怖事件。他是發現屍體的成員之一，但只記得穿越死亡谷途中所受的折磨、痛苦的炎熱、令人作嘔的持續閃光，還有種種不確定：湮沒的墳墓中是否有屍體？它是不是朗的屍體？他們是否能夠驗證？隨後，他們從墓中把屍體掘出來。整件事就像夢中的一場熱病。他很肯定那就是朗的屍體，外面裹著印第安人那有紅黑條紋的毯子，毯子周圍繫著繩子當作把手，方便攜帶。不過他忘記了事件的動機是什麼，忘記了在那以後朗又遭遇了什麼——如果毯子裡真的就是朗的話。

後來我在「紅岩」和「郊狼穴」之間再次聽到這個故事。那大約是在月落時分，當驛馬車費力爬上長長的峽谷時，我醒了過來，聽到乘客的說話聲在不絕於耳的沙子嘲弄聲和馬具喀啦聲的襯托下，圍繞著「亡者之泉」主題，時而停頓，時而繼續進行，其間伴隨著誇張的評論和推測，最後變成礦工膚淺的交談，在礦脈、契約和被遺忘的礦藏意外收穫中失焦了。我醒來又睡著，而故事大部分在夜裡說完了。在黎明前一小時，兩個男人在「郊狼穴」下了車，他們的面孔和名字都很陌生。我對他們沒增加太多認識，但我聽到的證明那的確就是我長久以來所追尋的那則故事。

沒在礦區生活過的人無法理解，整個礦區都可能因為一條礦脈的失敗或銀價下跌而瓦解，因此我可能在距離「亡者之泉」不到一天路程的地方住了七年，卻依然無法遇到一個能夠告訴我完整故事的人。我到處尋覓，但得到的不過是枯枝和稻草。

那時有個男人在提奧胡安（Tio Juan）開酒吧，他是第一個注意到惠特馬克與一個休松尼人打交道的人，並推測那名休松尼人可能偷走了那具被挖出來的屍體。有個墨西哥人最後見過朗，他可能知道一些情況，但死亡在我行動之前抓走了他。

有一回，我在舊金山某個大型晚宴上遇見一個活躍的大塊頭男人，他方方的額頭和臉暗示他如何一路跌跌撞撞成為現在的他。成排的康乃馨將桌子隔成兩半，他坐在對面，和我還隔著兩個座位，但聽見了我的某句話，從康乃馨另一邊探身靠過來。

「那個地方有怪事發生在我一個朋友身上，惠特馬克……」不巧，宴會主持人打斷了他的話。這一次，這個故事像夏天在迷霧中閃爍的島嶼，透過每個人的談話而逐漸形成，如此誘人，撫觸著你的靈魂。它的溫暖和豐富彷彿伸手可及。那故事當中有一個礦脈、一場謀殺和一個懸案，有偉大的犧牲、休松尼人、黑暗而驚人的縝密思緒，以及一個男人透過這一切所展現的意志與魅力。那故事當中有孤獨的水泉、郊狼出沒的廢棄營地，以及疲憊、夢想和夜晚的聲音。最後，那故事當中似乎還有一個女人。

奇怪的是，我在知道她和這故事有關之前就認識她了，也喜歡她，因為她的內在如此溫暖、豐盈。她具有某種活力和神韻——而且就像驛馬車駕駛深具自信告訴我的那樣，男人從來都不了解她——她一無所有，什麼都沒有，但沙漠中空白而無所求的生活支撐著她的活力。在我認識的人當中，只有少數人能在荒野中保持靈魂蓬勃發光，她就是其中之一，而我不久後就發現，她保持的這樣的靈魂，和我的故事——我那時這麼稱呼它——的本質相反。然而她是對的，儘管她和這個事件的關係並未超過大多數女人和沙漠戀情的關係。

她是「十八哩屋的女人」。她身上帶有沙漠的印記——身材瘦小，胸部塌平，兩眼之間有深刻的垂直溝紋，皮膚曬成黃褐色，下垂的眼瞼有蒼白的條紋。當然，我猜想她在瘦弱、低調、表情空洞的邊地居民裡認識了她的丈夫，但是我認不出他，他和其他有氣無力的男人一樣被沙漠吸乾了，就像懸在藤上的葫蘆。二十五年前，他們從博迪（Bodie）一路漂泊而來，經過帕納米特，來到莫哈維，吃住條件都比住在耕地的日子更加惡劣，也沒碰見什麼好運——那是每個沙漠冒險之旅的主要目的，但人們一旦來到「無界之地」，根本不可能遇見其他事了。然而，這個女人的靈魂是顫抖、激動的。最後，梅耶——她丈夫的姓——在「十八哩屋」安頓下來，打點驛馬車的輪班。我曾在那個女人和驛車一起蹣跚前進或在緩坡露營時遇過她。

當我得知她和惠特馬克的戀情有關時，這個故事還缺少一些動機和理解，對那個男人本身的了解也不足。他如何在三個月之中遷徙到麥斯奎特（Mesquite）以外的群山之間，肯定和礦脈的事有關，只是沒人能說服他說出來。我完全確定，我能從十八哩屋的女人那裡了解故事其餘的部分。

那天晚上過了九點，女人做完家事，走到十八哩屋的門廊聊天。月亮從休松尼人的土地上升起，沙漠所有窪地都在我們眼前消失，月光閃爍的海市蜃樓勝過所有奇蹟。

別太在意究竟是什麼讓她開口的。原因可能只是因為我說：「我想把這個故事如實印成書。」讓她不得不開口阻止我。何況，那時有多麼寂靜。右手邊，男人們蓋著毛毯的身子在地上伸展開來。沒有任何樹葉瑟瑟出聲，沒有任何枝條嘎吱作響，沒有任何草葉在風中低語。只有僵硬、稀疏的灌木和沙丘，就像光之湖底部的魚群一樣。月光下，我能看見那個女人的側影，她瘦削而美麗。當她伸手鬆開盤在頭上濃密散亂的頭髮時，我猜想我們正逐漸靠近故事的核心。對她來說，故事的核心正是那個男人——惠特馬克。

十七年前他進入這片地區時，她已經在這裡了，而這個世界幾乎不知道它究竟錯過了什麼——一個擁有無比力量與無限可能的熱情好女人。惠特馬克算是她認識的男人當中數一數二的。我應該說過，從我了解的所有情況來看，他是個頭腦清楚、機敏、相當有修養的美國商人，一心想要有點成就。

他奉派照看一個礦井。我們不清楚他的頭銜，但當時有另一股對立的力量，暗中打算從他手中奪走礦脈。也許說出這件事不至於侵犯他人，因為最後的結果是我終究不會寫出那個故事，至少在十八哩屋的女人有生之年我不會這麼做。對她來說，故事的關鍵是一個短暫的瞬間，而且如此短暫，因為惠特馬克一星期之後就因肺炎過世了，這個瞬間就此凝結，即使是光陰也無法改變它或令它失色。

故事發生時，梅耶在提奧胡安經營提供膳食的礦工宿舍，惠特馬克經常在宿舍進進出出，那個女人一開始就受他稱職能幹的特色吸引，開始從旁幫他，提點他當地人的性格和偏見，後來還為他提供訊息，使他獲得幾乎擁有超自然能力的聲譽。

在惠特馬克最低潮的時候，除了印第安人和這個女人外，他找不到任何可以信任的人，而這是有原因的。的確，他信任她，證明他夠聰明，但從她的敘述中也可清楚看出，在她一生中，那也是她的靈魂得以舒展的時刻——她觀察、判斷、琢磨，感覺充滿力量。

她愛他。也許是吧——如果你把一個好女人對她可能沒真正碰過的男人所做的心靈奉獻稱為愛的話——我不知道。惠特馬克在遙遠的東部有幾個孩子，還有一個妻子，當年他和妻子結婚，只因為若依循所有美好的、克己的、自制的等傳統，這些都是男人要求結婚對象必須擁有、但在婚後發現那其實毫無情趣的傳統。

他從來不知道有個女人關心他的工作意味著什麼：與他攜手合作，憑直覺察覺他的需要；她的從旁支持，讓他對自己更有自信，而這樣的支持不只來自女性的智慧，也包括她提供的重要對策與實質的物資。等他一融入西部世界，他就開始帶著熱情參與其中，發揮自己的精神。在那個驚人而混亂的故事核心，這兩個人一定有過非常重要的時刻。關於這一切，這個女人只用最簡單的方式來述說；關於過程，她只是這樣說明：「我說了……他做了……印第安人去了……」

我坐在屋簷淺淺的陰影裡，體驗著老探礦人吵吵嚷嚷地撫摸含礦泥沙、用拇指在手掌上搓弄、壓低呼吸輕聲賭咒發誓的那種滿足。這種感覺如此美好，而我過去從沒感受過！

那個女人的講述過程也讓我明白了一件事，那就是惠特馬克的犯罪行為。雖然沒有能讓法庭拘捕他的證據，雖然她不相信他有罪，雖然她用她堅定的信心希望讓我相信，他是什麼人並不是那麼重要。然而，唯一能把那個故事寫好的方式，就是毫無保留地交代背景，並且放進惠特馬克的名字。這件事在當時引起很大騷動，即使更改名字和細節製造假象，一定還是可以辨識出從報上就可了解的大致情況。

十八哩屋的女人的心裡想必很清楚。她突然不再往下說，我因而看見，就像令人痛苦的荒漠讓人的心扭曲退縮一樣，她可憐的心原本也正在枯萎，但這個事件卻讓它像空房間裡的爐火般發光發熱。

「他離開的那天晚上就和今天一樣。」女人說，激動地指著灑滿整個世界的神聖月光。

經過二十二個月的競爭，惠特馬克得到了產權。隨後，他出發回家探望家人——那段期間，他只見過他們一次——然後他會再回來開採他如此辛苦才贏得的礦脈。那應該是個令人滿足的時刻。

「那天晚上十點，他準備搭會經過『苦井』（Bitter Wells）的驛馬車，」

她說：「我和他一起從提奧胡安騎馬過去——他要我一起去，然後把他的馬帶回來。我們在日落時出發，提前一刻鐘到達『苦井』。

「太陽下山時，月亮升到半空中。我非常快樂，因為一切如此美好，而且他兩個月後就會回來。我們一邊走一邊聊。我告訴過你，他是一個快樂的人。他的生活似乎一直在接受考驗，但情況愈惡劣，他愈有精神。如果他聽到自己會被絞死，一定會大笑。可是那天晚上他心裡有事。那一路上，他的狀況愈來愈不好。他的臉沉了下來，呼吸帶著歎息。他似乎一直欲言又止。他好像有什麼非說不可的事想說，但在開口的瞬間它就溜走了。月光下，我看見他的嘴唇費力地動著，但沒有發出任何聲音。我說話時，他的臉上看不出心事，但我一停下來它就又回來了。那是讓人困惑的祕密和痛苦。現在，我知道了……」

她一邊說，一邊將濃密的頭髮往前甩：

「那是一個警告，一種預感。它在空中盤旋。我聽說過這樣的事，也應該要感覺到它才對。可是那時我很快樂，因為一切如此美好，而且我就置身其中。還有，它不是衝著我來的。」

這時，她第一次轉過身來面對我。她的頭髮垂下，遮住了整張臉，露出的眼睛充滿渴望，希望能讓我明白，從任何世俗角度來看，這個男人有多麼好，遠遠超過了她，而她又多麼榮幸能見證命運對他的暗示。為了鼓勵她繼續往下說，我很快說了她期待聽到的話，儘管那原本並不是我想說的。

「但是，」她說：「我不是完全無關，因為……因為他最後說的話，當他說出來的時候，對我來說似乎有點奇怪。當然，我後來回想時，發現那是我聽過最奇怪的告別。

「我們下了馬，站在兩匹馬之間，驛馬車很快就要到了。我們聽到車輪下沙子發出的惱人聲音，冰冷的月光沉沉壓著整個世界。他拉起我的手，像這樣在自己胸前握著，然後說——噢，我很確定他說了什麼——他說：『我已經這麼想念你。』就是這樣，不是再見，也不是我會思念你，而是『我已經這麼想思念你。』

「就是那樣。」她說，雙手還握在她塌癟的胸前，敏銳的心透過它閃動著光芒，就像膨脹的杯子裡的酒。她說：「就是那樣。」但不是的。無論這個短短的句子是否暗示那男人未能滿足心底對全然安全體面的生活的渴望，但和她在激情、孤獨的歲月中所承受的痛苦無關。如果沙漠有話非說不可，它也會說出這樣的句子。

「直到第二天，」她繼續說：「我突然想到，對一個兩年來每個星期都能看見兩、三次的女人那樣說話，那是很奇怪的事。一個星期後聽到他的死訊時，我就更明白了。他在回家的路上感冒了，三天後就死了。他妻子寫信給我，信寫得非常好。她說他告訴她，我一直對他很友善。友善！」

她停了下來。月光下，遠遠傳來成群奔跑的郊狼的隱約號叫聲。

「那就是為什麼我在一開始就要你承諾，如果我把我知道的有關惠特馬克和朗的一切都告訴你，你不會利用它。」女人說。

我嚇了一跳。她的確提過，而我答應得太快了。人們在信任對方之前幾乎總會迫切需要那樣的保證，就像女人對神聖的個人經驗加以輕忽或有所妥協時，總希望別人告訴她，她具有崇高勇氣。只要聽到這樣的話，一切似乎變得沒那麼重要，她也因而會被說服不再堅守神聖的承諾。而我總是先承諾，再說服對方。不過，十八哩屋的女人不一樣。

如果惠特馬克還活著，他會回來證明他的價值，用他的生命和工作洗刷清白。因為事實對他不利，他的名譽完全毀了。這個事件如此奇特，而且不可能發生在死亡谷以外的地方，這種種巧合，讓他的妻子和孩子沾上無法抹去的汙點。如果只看故事本身，我筆下的他應該被絞死。故作謙遜地說人們不會看到我草草寫成的故事是行不通的，因為如果不是史上最偉大的沙漠故事，我絕對不會想寫下來。

何況故事裡還有那個女人。這個故事就是她的一切，它打開了她的心，讓她的心得以舒展，有所依靠。關於這個故事，她想起的是最後那個難以捉摸的時刻，那個她觸及了預示他命運陰影的時刻，讓她為了他的孩子而試圖挽回他的名譽。當一個人沒有太多經歷時，他也只能相信這些經歷。

她說了這類的話，用雙手攏好頭髮，站在我面前，站在蒼白而富有啟示的月光下。她的身上帶著沙漠的印記。荒涼的心！而我知道是什麼樣的靈魂的痛苦造就了那種印記！

「你承諾過的。」她說。

「承諾就是承諾。」

然而，我發覺自己對此有所保留。那個承諾不該比她一生還長。

不時總會有些倦怠都市的人需要單純的愛情故事，而渴望動筆的人，往往是英文系教授，或日報上某個年方十五的少年。只有親身經歷過的人才知道箇中滋味；只有親身經歷過的人才知道，單純的愛最不吝付出，最符合生命種種熱情的需求。

不過，一旦我們因過分在意而為這樣的愛帶來束縛，就會將它磨成碎片。愛是生命用來減少人際衝突的方式，人們因而將敵意轉向荒漠。

自然而然，噢，生命的旨意如此，只要生存在世間，男人和女人自然而然相遇；倘若一切單純原始，其他誘惑都顯多餘。

然而生命並不構成社會，社會似乎無論如何都無法理解愛；即使生命因愛而重要，愛仍比不上面子、教會和財產。愛交織成故事迷人的千絲萬縷，但在邊界這樣紗線鬆脫的地方，愛的紋樣仍然比不上文明紋理的豐富。如果這樣的事就發生在你家隔壁，說不定你也不曾注意。

苦行者

我不知道是我們之間眼神的交流，
還是齒輪運轉的尖利聲音打破了她的夢境，
不過在那一刻，我察覺到奈塔明白了自己的處境。

她發現自己成為一個墮落、遭人拋棄和受到鄙視的女人。
她眼前的地獄，是由沙龍納的背棄和我的知情建構而成的。

她拉緊胸前的衣服，又緊緊抓著裙子，
彷彿已經聽見羞辱逐漸湧現時所發出的唏噓之聲。

當我必須面對審判，並力圖證明自己（像我期待的那樣）素行良好時，我會拿出奈塔．塞布里克這件事來當作例子。無論從表面來看，或從我向來不得不接受的習俗來看，當時我做得非常好。我之所以會說從表面看起來如此，是因為除了在那之後我絕口不提外，其實並不確定我面對那個事件時還能做什麼。

那是個意外，那種徹底無法解釋的意外。它似乎企圖引導想像力踰越人類經驗的極限，直到墜入它自掘的洞裡並沾滿雜草和沙子為止。然而，那個瞬間就像襯著陽光般清澈透明，我因而特別留意並留下了記憶；我至今依然能看見那個清晰的人物形像，而且就像在波薩達（Posada）當天看見的一樣清楚。那形像身後的鐵欄杆閃著微光，彷彿是通往天堂審判台的細微光芒。

在那之前，雖然我從沒說過奈塔．塞布里克真的愚蠢，但她對我一直沒什麼好印象。後來她告訴我，那是因為她覺得我愛擺架子。塞布里克家位於轉角，和我的房子之間只隔著三戶人家，我們從後門就能看進彼此家裡，因此在沙龍納醫生出現之前，即使是在最吹毛求疵的村民眼中，奈塔的言行也沒有任何可挑剔之處。即使在他出現之後也沒有。

當時塞布里克夫婦已經結婚四年，有個兩歲的孩子。那個孩子不太討人喜歡，當然，孩子的母親不這麼想，但即使是奈塔，有時對他也不免有點冷淡。塞布里克是礦工，而且是我們那地區頂尖的鑽探工，因此大多數時間都不在家。他們的房子比實際需求來得大，奈塔把一、兩間房間分租出去，不完全是為了錢，而是為了避免孤單。就這樣，她落入了「苦行者」的手中。

法蘭克．沙龍納原本是個聰明、有前途的醫學院學生。我在他的天賦預言了他不尋常的未來時就認識他，比大多數人更了解他。當他五年之後以苦行者的身分出現在馬佛里克時，我並不感到驚訝。

沙隆納出身貧窮，忍受無盡的痛苦和羞辱，堅持完成醫學院學業。他就像大多數傑出的人一樣，敏感，非常自我，而且一直極具魅力，幾乎讓所有女人神魂顛倒。他自食其力讀完大學是值得讚許的事，然而，事實證明這大大浪費了社會資源。

我常想，原本會伴隨法蘭克．沙龍納一生的勇氣、忍耐、堅忍，卻由於那些過度辛勞、忍饑挨餓、備受恥辱的歲月壓力而消磨殆盡。他的自大自私對他的幸福很重要，因為那能讓他隨時保持中心地位。求學時，他可以靠過人的獎學金和努力優秀的表現來維持這樣的地位，但離開學校後，想在沒有資金的情況下立足於陌生人之間時，他發現自己缺乏男子氣概。他總是迫切需要取得他人好感，但由於貧困，只能以可怕的能力主宰女人。我猜想，他也因此失去了同行對他真正才能的信任。

這樣的處境、急需金錢，加上往往令人失去理智的驚人欲望，法蘭克·沙龍納在令人疲憊的諾言與成就之間迷失了自己。於是，最後他出現在馬佛里克，以每次三美元的代價為人評估顱相——依據人們頭顱形狀，提供合適的職業建議——時，並未令我感到驚奇。他刊登廣告，並以執業醫師身分做各式各樣的事，聽起來不太可信。

他來到當地的那一週正逢法庭開庭期間，奈塔·塞布里克家是唯一可能找到的住處。沙龍納醫生租了前面的兩間房，一間接待客戶，一間自己使用，我覺得這樣很合適。我不是特別高興見到他，畢竟我早就認識他，但又不想告發熟人。此外，那時印第安人喬治帶口信給我，說我尋找許久的某個安息香科灌木開花了，地點從某個黏土地區一路延伸到瓦班（Waban）。它每隔七年以上才開一次花，因此我花了五天去尋找它，也因此我始終不知道塞布里克太太家究竟發生了什麼事。顯然也沒有其他人知道，因為我從沒聽到半點謠言，而且那想必是沙龍納醫生在意的，因為我相信奈塔絕不會知道如何避嫌。

奈塔很漂亮，塞布里克那時也已外出工作五個月了。沙龍納臉頰瘦削，多愁善感，我必須承認，他的眼睛非常迷人。他的手纖細而嫩白，塞布里克的手則傷痕纍纍，指甲斷裂，那是鑽探工的手，而且其中一隻早在他在「幸運的吉姆」那裡工作時就扭曲變形了。真要說的話，奈塔的丈夫可能會討沙龍納喜歡，但沙龍納還是會用他自己的方式對待她。女人之於他，彷彿是他在這個世界裡得不到的東西的替代品。

馬佛里克的生活死氣沉沉，枯燥得不像話。毫無修飾的房屋，滿布垃圾的街道，穿著印花棉布外衣在街上走來走去的女人，說話拖拖拉拉的男人，毫無遮蔽的寬闊台地，亮得刺眼的天空，還有一成不變的日子，一切靜靜地進行著，只有聞到瑪里根太太炒白菜的味道時，才會讓人發現已是下午了。

事情過了這麼久，我不能說我當時認為那是奈塔的錯；我不確定她有過那樣一段如玫瑰綻放般的美好時光，也沒有為她感到高興——如果她曾經有過的話。請記得，當時我在瓦班斜坡上的木焦油灌木帶附近宿營，而奈塔和沙龍納對於究竟發生了什麼事也隻字未提。我一直提到奈塔漂亮這樣的話，好像我以為這和事件有什麼關係似的，其實事實是這個男人有收攝靈魂的天賦。即使我這麼提防他且對他不滿，你還是可以相信我的話。

那時驛馬車會從馬佛里克出發，南下來到波薩達，因此，來自P市和S市的旅客會在這裡預訂前往莫哈維沙漠的班次，然後等幾個小時，搭乘當天回程的車班。

那天早上我從瓦班回來，正巧沙龍納醫生準備離開馬佛里克。我不想騎馬顛簸勞頓，所以請印第安人喬治把馬匹送回去，自己搭乘驛馬車。從波薩達大約一小時車程，我大約在下午就會到家。

我記得我把裝著植物的盒子塞在前方座位下，一轉身，正好撞見奈塔和沙龍納醫生。醫生帶著他慣常的浪漫神祕神情，但有點不太對勁，或許那只是因為我認識這個人，因而看出了掩藏在他外表下那微小的不安和異樣。不過，奈塔是怎麼一回事，倒是一目瞭然。她的帽子因為馬車的搖晃而歪斜，白色鹼土厚厚累積在裙子皺褶之間，頭上的髮夾還真不少；她的每個舉手投足，她那孩童般平淡嗓音的每個起伏，都充滿對身邊那個男人的回應。她的興奮幾乎都發燙了。奈塔不夠世故，原因是她似乎不知道她無法掩飾自己的行為，而且還帶著孩子。

你不會相信，想和法蘭克．沙龍納這樣的男人私奔的女人，會帶著那樣頭大身體大、還淌著口水的孩子。不過奈塔就這麼做了。我不清楚那是因為母性的本能，還是因為她不知道還能怎麼辦。孩子灰色的眼睛微微突出，頭髮微紅。每當他抓著醫生的袖子，你都會看到那個男人顫抖地縮了縮手。

我猜想，或許是我對這非比尋常的狀況所出現的困惑模樣，讓沙龍納醫生和我敘舊時顯得格外熱情。他簡直陷入一種懷舊的友好狀態。至於我，因為認為他咎由自取，也因為滿足了油然而生的好奇，後來對他極為無禮。

記得我們下車時，我東張西望，看著那個必須等候兩個小時才能搭上回程馬車的小小車站，看著七間沒上漆的松木屋、飲食店、兩間沙龍，懷抱著暫時避難的希望，走過鹽鹼地，四周全是令人討厭的稀疏鹽角草。後來我判斷那樣行不通，決定轉身先發制人。奈塔還拉著那個孩子，帽子還是歪的，她愚蠢地留意著沙龍納醫生的一舉一動，而他，仍試圖裝出那種偶遇老友的歡快興奮語氣。過了一會兒，我把他拉到車站角落，開始提問。

「沙龍納醫生，你準備和奈塔私奔嗎？」

「呃，不是這樣，」他試圖讓語氣保持輕快：「我想，是她想和我私奔。」接著，他像卸下肩上的小艇般放下所有偽裝：「噢，我的天，我不知道這個女人怎麼了。當她跟著我一起上了馬車時，我和你一樣吃驚。」

我繼續定定看著他。

「她原本算是蠻漂亮的……那裡的生活又枯燥得可怕……我想，我的確和她有點打情罵俏……」他原原本本說了出來，而且試著誠實以告：「相信我，就只是那樣。」

打情罵俏！他就這麼輕描淡寫，但女人不會只為了打情罵俏就帶著孩子離家出走。生活枯燥得可怕，這還用他告訴我嗎！還有，她很漂亮。不論發生了什麼，他都會告訴我什麼都沒發生。我要假裝相信他。

「她會回去的。」他又開口說，在探照燈光下顯得沮喪和憔悴：「她必須回去！非回去不可！」

「那麼，也許你可以說服她。」我說。我還是心軟了，幫他們照看孩子，讓他和奈塔去走走。

熱氣慢慢蔓延在這座方山和平原，兩側的鐵欄杆像微弱的火光，礦渣路彷彿指出了奈塔選擇走上的路。他們走到工人住的小屋附近，然後走回荒涼的車站。他們來到我能清楚看見他們表情的距離時，又轉過身去，就這樣在熱氣之中來來回回地走，彷彿夢境裡的人物。

我從他們的姿勢可以看出，沙龍納試圖堅定某種他已決定採取的態度，但奈塔並不明白。我看見她攤開雙手，看起來像放棄似的站在原地，彷彿地獄在她腳下張著大口。孩子在車站的長椅上睡著了，我用鹽角草樹枝為他驅趕蒼蠅。

我置身事外，因一切道德標準派不上用場而不安；那些標準不是來自於經驗，只是像家族湯匙般代代相傳來到我的手裡。在沙漠刺眼的光線反射之下，他們看起來就像那些湯匙，邊緣已經磨損。

把這一切加諸奈塔，我應該感覺羞愧。後來奈塔告訴我，在馬佛里克，她和其他婦女可以感受到但我卻難以理解解的，就是這種與生活疏離、無能為力的感覺。她們不知如何解釋，因此認為我覺得自己超越她們。那時我一直因為自己散漫、不拘小節的靈魂而苦惱。我非常清楚，社會的監督力量不斷將個人節操判斷加諸大多數女人身上。只有當她們有了愛，愛才能直接連結意識的中心，彷彿只有透過自我隔離，真正的愛的本能才能保護自己。

奈塔站在宛如起火燃燒般的欄杆之間。令她痛苦的不是對塞布里克的忠誠，而是重回他身邊這件事令她難以忍受。突然湧現在她心中的激情，就像從天而降、迸射的火焰；她因為它如此完整而理直氣壯，缺少了那份必須多做解釋的世故。

沙龍納是個糟糕的男人，但還沒壞到讓奈塔．塞布里克發覺他在這整起事件之中有多麼粗鄙。況且，他沒有時間。再過兩個小時，前往馬佛里克的回程馬車就會出發，他不可能在這麼短的時間裡讓奈塔．塞布里克認識到他們之間巨大的差異。

過了一會兒，他帶著同樣隱而未說的企圖回到車站，背對著奈塔，嘴唇翕動但幾乎沒有發出聲音：「她必須坐馬車回去！她必須回去！」然後突然下巴一垮：「你得幫我。」他坐在我旁邊，開始專心看著孩子，驅趕蒼蠅。

奈塔在外面站著等了一會兒後也進來了，暫時坐在月台邊緣，準備一有任何機會就把他帶走，在微光閃爍的熱氣之中走向車站，重新發揮她可憐的魅力。

她認為我在場對她是一種妨礙，因而耿耿於懷。我相信，她一定認為要不是我意外出現，情況會有所不同。我可以看出沙龍納開始表達他的立場——不管他心裡究竟是怎麼想的。她看起來比實際年齡要大幾歲，但顯得茫然而幼稚，令人同情，彷彿她的自我受了傷，但她的心智無法掌握這一切。我也可以看出，沙龍納已經下定決心擺脫她；他會盡可能地悄悄進行，但必要時也會放手一搏。此時，距離發車時間還有四十分鐘。

沙龍納坐在毫無裝飾的車站長椅上，伸出手臂放在孩子身上，好像要保護他似的——這樣的動作往往具有動人的力量。接著，他開始談論美德，談論世上美好的一切。別問我他說了什麼，總之是那種很多女人都會認為美好的談話，而且儘管他幾乎是對著我說話，但字字句句都直指奈塔·塞布里克的心靈。那大多是高談闊論，但我可以捕捉到她蒼白臉龐上的反應，就像通風井下方水坑旁的礦工能透過微微的光線猜測天氣一樣。奈塔從這些話裡看見一對偉大人物為了痛苦的美德，宣布放棄他們發現的珍寶，拯救了世界。他們有機會也有勇氣享有那些財寶，卻不想讓其他人的心靈因而受到傷害，其情可嘉。

他開始假設她已打算返回馬佛里克，然後以催眠式的技巧一再呈現那個念頭，讓她在腦海裡描繪他所推演的遠大模糊影像，以及她崇高的放棄對他的事業帶來多大的助益。事實是，如果妻子真的跟沙龍納醫生走了，塞布里克會跟蹤沙龍納並且殺掉他。不過我想，這段韻事不會有庸俗或令人不快的結局，但沙龍納卻設法讓它維持在這樣高的境界，以致於連我後來都有很長一段時間沒再想起這件事。

也就在這時候，我開始不確定自己的角色了。我無法確定，究竟沙龍納因為是情場老手而正好找到這個解套的方式，或單純因為走投無路，絕望地放手一搏，訴諸永恆不變的正直。他又怎麼知道什麼是正直呢？

他急切地盯著奈塔的眼睛，額頭滲出汗珠，眼眶塌陷，身心因被目標吸引而疏於防範，導致嘴角鬆垮得可怕。他極力想讓奈塔明白，她應該回到馬佛里克；如果她不是個天大的傻瓜，應該會看出，他把整個局面都交到我手裡了。我相信——希望如此——我做的事情是正確的，但不確定是不是該答應接下這個被迫接下的角色。他像人們說的那樣糟糕，而我卻全心全意去完成他的目標——簡而言之，就是讓他從拙劣的表演裡全身而退。

整個過程中，沙龍納一直留意著沒有遮蔭的街道另一頭的馬車棚。一看到駕駛和馬匹出現，他的心幾乎因為壓力的消除而發出聲響了。它也引發了他著名的個人魅力的力道。

奈塔背對街坐著。他抱起孩子的那一瞬間，他為孩子拉平衣服、戴上小帽子時流露的動人關懷，對她完全沒有意義。直到聽見馬車轉進馬路時發出的聲響，她才突然警覺地站起身來。這時，沙龍納把孩子交到我懷裡。

我是否說過，在這個事件裡，我和這個男人之間存在著某種難以解釋的、休戚與共的感覺，以及一種排外的、難以打破的連結，這無疑讓可憐的奈塔徹底沉淪於受男人喚起的自我與性的召喚。這個男人視所有理性和信仰於不顧，讓女人和他站在同一邊。他是個苦行者，是個江湖郎中，如果你願意，也可以叫他無賴。然而，命令出現，我也回應了它。我不記得他說了什麼，但當他把孩子像個包袱般遞給我時，我接受了命令，守護著孩子，帶他上車，無論如何都沒放下他。我什麼都沒說就答應了。

我不知道是我們之間眼神的交流，還是齒輪運轉的尖利聲音打破了她的夢境，不過在那一刻，我察覺到奈塔明白了自己的處境。她發現自己成為一個墮落、遭人拋棄和受到鄙視的女人。她眼前的地獄，是由沙龍納的背棄和我的知情建構而成的。她拉緊胸前的衣服，又緊緊抓著裙子，彷彿已經聽見羞辱逐漸湧現時所發出的唏噓之聲。

接著沙龍納轉向她，帶著那種眼神——它慢慢浮現在他的臉上，從他的眼睛流向她，彷彿那是世上唯一能與她胸中的苦痛相互匹敵的事物；它好像歷經罪惡的諸般種種，直到停留在她身上才發現某種超然優雅的本質，讓靈魂為了反覆無常的蠻橫行為而心生同情，帶著寬大溫和的心為之擔憂。那是寬恕——不，那是湮滅罪行——對沙龍納來說，寬恕只和自己的迫切需求有關。從那樣的眼神，我看得出那個女人的靈魂裡出現了自我救贖與驚愕，也就在那一刻，在這個男人和這個女人身後，在朝地平線延伸、如燃燒般的細小欄杆之間的沙地上，浮現了身穿長袍的高大人物形像。

噢，那是幻覺，如果你願意相信，那是在那樣的時空，因為那煩擾不安的心、鹽鹼之地刺眼的微光、一個有罪的女人和一個平凡苦行者而共同形塑的幻覺；那苦行者佯裝赦免他人，以便讓自己能更輕易避開麻煩。至於受某種手法影響而成為他的工具的我，不得不驚異地見證那簡直不可能的事——那罪魁禍首竟然懂得寬恕。然而，當那個女人掙扎著爬出地獄時，他的眼神繼續掌控著那赦免的時刻。我看見她本能地低下身子，伸出手，沙龍納以告別的禮節握著它。當馬車抵達的煙塵在他們之間升騰而起，那個人物形像轉過身去，逐漸變淡消失……但帶著同樣湮滅一切的欣慰眼神……！

「塞布里克太太，真感謝你來向我道別……」沙龍納一邊說，一邊把奈塔送上車，然後對我：「你一定要好好照顧她……再見。」

「再見法蘭克。」我從來沒有這樣稱呼過沙龍納醫生。我對他的印象從來沒有好到直呼他名字的程度。然而，那眼神還在，它轉到我身上，我籠罩在一種私下掩護、心照不宣的感覺之中。他站在月台上，定定看著我們，直到層層痛苦的煙塵遮住了他的身影，我們仍能看見那眼神。

如果這只是一個故事，或只是法蘭克．沙龍納的故事，它應該在那裡就結束了。你會相信，除了感謝命運讓他如此輕易逃脫，繼續安然進入下一段人生故事並安然脫身外，他不會再想起我們。

不過幾天後我發現，在奈塔．塞布里克的生命中，這是一場意外或是一起重大事件，取決於我是否會說出隻字片語。沒有人注意到她搭車到波薩達的事。大約十天之後，塞布里克回家了。奈塔見到他似乎格外開心，彷彿一直記掛著他，此時她的恐懼得到了安慰。

自從我們回來那天起，她一反常態，特別喜愛找我做伴。她整天在我家裡進進出出，主動在我縫衣服、做蛋糕時提供善意的協助，而我也必須善意地回報。如果我偶爾有事去鄰居家，奈塔也會緊跟著到來。

很快我就明白，她擔心我會說出什麼。她相信，只要隨時監視我，我就不會出賣她，但我不在的時候，她一定非常苦惱。依照女人的習慣，我也真的可能會說出來；她確實不值得尊敬，而我們在馬佛里克也看過不少這樣的事。我大可不和她有任何瓜葛，並找到理由為自己辯解。

不過，奈塔不確定我究竟知道多少，她不會冒險提出請求。她也有匹婦與生俱來的含蓄，即使明明渴望得到沙龍納醫生的消息，希望有人提到他或他的名字，但她幾乎不曾提過他，只是愈來愈緊繃，愈來愈消瘦，等待著，觀望著。

如果那個事件被別人知道了，奈塔會被趕出家門，塞布里克可能會和她離婚。我因為發現什麼都沒有發生而感到詫異，繼續保持緘默；只要我保持緘默，什麼都不會發生。我理解並且相信，那是致命的罪，足以致命；然而，只要沒有人說出來，它就像不曾發生過，就好像沙龍納的眼神真的具有某種力量，似乎足以抹除她所有的汙點。

我已記不得是否曾經打算揭露奈塔．塞布里克，但我知道，由於那個眼神對我靈魂的影響，我不會那麼做。況且，因為奈塔大多數時間都和我在一起，我們後來成了好朋友。因此在一年多之後，當她第二個孩子出生時，她希望我陪在她身旁。在更複雜的社區，這是會花錢請人協助的事，但在馬佛里克，我們彼此幫忙。原本奈塔看我時總會浮現眼底隱藏的懷疑，但也在那個時候，那疑慮徹底消失了。

那時差不多是半夜了，最痛苦的時刻還沒到。房間裡亮著燈，我坐著握住奈塔的手，醫生用玩牌和酒精幫塞布里克度過緊張的時刻。透過微光，我可以看見塞布里克發紅、多毛的手，那是鑽探工的手。每當房裡的這一頭稍有動靜，他就擔心地聳起肩膀，嘴唇抽動，這時醫生就會把威士忌推向他，熱情而友好地重新發牌。

奈塔靠在枕頭上，不安地晃動著，看著塞布里克僵硬的側面輪廓投映在廉價壁紙上。我想，讓她看見丈夫的痛苦也好。她靜靜注視著他。

「亨利是個好人。」最後她說。

「是的。」我說。然後她吃力地轉向我，眼裡閃著焦急但狡黠的火花。

「我也一直是個好妻子。」她說。這簡直就是挑釁。我一時不知所措，也成了苦行者，立刻打起所有精神，帶著那樣的眼神回答她：「大家都知道，奈塔。」我堅持著，直到她眼中的火花消失。

我不知道自己是怎麼辦到的，但我看出在她眼皮垂下的瞬間，煩惱從這個女人的靈魂裡消失了，而我心裡最後的、未曾嘗試的道德報復也消失了。我真的寬恕了她。那個時候怎能再有罪惡感讓她煩惱？請記得，我在教會長大，教會寬恕了無數罪惡，用驚人的獨特方式來展現寬恕，而讓我用最有效的方式學會寬恕的，則是我認識的人當中最壞的那一個。

黎明前一個小時，起風了，在方山地形的另一邊，郊狼狩獵歸來，發出號叫聲。我彎腰把嬰兒塞進她懷裡時，感覺奈塔的嘴唇輕輕摩擦我的手。

「你對我真是太好了。」其實我自己也不確定是不是這樣。如果非得說出我的感覺不可，我應該會認為她的這句話值得一提。

經過六十年日復一日探勘、挖掘但收入微薄的歲月，田納西說，他已厭倦沙漠，想回到城裡，回到一段新的關係和兒孫身邊，好好度過自己的下半生。那是初冬時分，有趣的事只剩下看著雪線逐漸逼近，讓內華達山露出的山脊逐漸變小。他的決定是明智的。

大約兩個月後，我出門朝方山前進，尋找新鮮鼠尾草的淡淡氣息，但無論腳步多快，它一直像可望而不可即的蜃影。突然間，田納西巨大、遲緩的身形出現了。他說，在城裡，只要一出門，眼前就是聳立的房屋。

田納西說：「人沒機會打開視野。」

然而，當威廉．加爾文．蓋恩斯牧師離開奧克蘭某神學院，像受歡迎的城裡牧師一樣打算喚醒我們投入精神層面時，他引來了反效果。他不知道，在這裡，視野超越意識和物質的邊界而延伸。雖然有時沙漠讓人感覺是造就宗教領袖的地方，但它不是讓人改變宗教信仰的地方。看看在教堂長椅上發展的傳統宗教在我接下來提到的地方是如何地盛行，你就能明白我的意思。

探礦者的故事

那屍體躺在沙地上，距離空蕩蕩的床有好幾碼，
完全不是矮子離開前蓋上毛毯的那個僵硬的人。
他們扶著屍體肩膀將它翻過身。

有那麼一段時間，矮子腦中一片混亂。
他在營地四周胡亂尋找，很快又折回來，
緊抓著沙地上的屍體，好像那只是暫時出現的奇異幻象，
隨時可能恢復正常，重新變回他的朋友。

對那個探礦者來說，這個故事是個難解之謎，因為他早就認識麥克和克里爾曼，而且早在他們出現此地之前就認識他們。事實上，他認識他們時，他們已經開始互不信任了。在人性千瘡百孔的礦區，他們原本擁有人們眼中最牢不可破的夥伴關係，但兩人的友誼後來轉變為日漸加深的敵意。威爾斯總把這件事當成最好的例子。他認為，像這樣的夥伴關係，之所以在此時引發長久以來各自的怨憎之心，彼此指責，原因早在他們相識之初就已經存在。這些怨氣在他們工作的礦坑裡逐漸累積，腐蝕著他們的心，終於形成種種不滿與恨意。

沒有人知道是什麼造成他們的齟齬，人們猜想或許是礦藏，雖然沒有更有力的證據，但這畢竟是礦區最容易引發糾紛的起因之一。探礦者非常清楚整起事件最後的危機時刻，它反覆出現在他的記憶之中，令他毛骨悚然。其他人則是透過派利明特路（Parrimint-way）一個印第安女人知道這件事的。

她是麥克的女人，儘管如此，她並不特別在意他。他到山丘之間進行為時三星期的探勘之行時，總是讓她獨自留在他的小屋裡。白人男子向來不會因為印第安女人的順服而爭鬥，麥克也不會，但後來卻為了她而失控。當克里爾曼決意挑釁麥克時，某種模糊的念頭在他腦海裡蠢蠢欲動。他後來採取的行動帶著某種任性而為的味道，他的計畫也激起對手毫不留情的殺意。不過，如果他知道事情這麼快就傳到麥克耳裡，或許他不會去特雷斯皮諾斯（**Tres Piños**），也不會談論這件事。

你知道的，他們長久以來一直不合。在經歷無數爭執之後，好幾次麥克試圖殺害克里爾曼，原因只是想擺脫這個夥伴。

麥克是個軟弱的人，在兩人交手之初，他總是處於劣勢。日積月累的憤怒讓他失去理智，因此當他回到小屋，聽到印第安女人告訴他發生了什麼事，受怒氣左右的他深受刺激，決定立刻將計畫付諸實行。

當然，現實因素讓他無法當下就如願，因為他必須靠雙腳跋涉一整天才能抵達特雷斯皮諾斯。原有的懦弱與他的憤怒相互抗衡著。荒野掠過他的髮鬚，將他的皮膚曬成沙地般的灰黃，讓他的睫毛失去顏色，聲音變得粗啞。含鉛的礦脈讓他的關節多少有些僵硬，就連他的姓氏都因為特殊的音節而變得支離破碎。他的靈魂如此不堪。荒野讓他變成只為憎恨克里爾曼而繼續往下走的機器。當他抵達特雷斯皮諾斯，得知對手已經離開，而且沒人告訴他克里爾曼去了哪裡，受挫的怒氣將他逼到極限，血從鼻子和嘴巴湧了出來。

探礦者知道這一切，是因為當時他剛帶著家當和騾子出發到乾溪區尋找可能存在的礦藏，在那裡遇見了「矮子」威爾斯，還有「高個子」湯姆．巴希特。威爾斯叫做「矮子」沒什麼特殊原因，倒是「高個子」湯姆的稱號就是用來形容像他這種身高的人的。探礦者沒有證實矮子試圖讓他相信的美德、才能、嗜好的真實性，也不否認他們的負面風評。

在礦區，人人都知道他們，也都同意，高個子湯姆除了身材和親切態度外沒什麼好說的，矮子發現自己有意想不到的聲名，將它歸功於巴希特，至於他如何得到這些名聲，他無法多說什麼。然而，在礦區營地，他們就像常見的搭檔，除了隨著找到金礦的希望而一起在山間闖蕩外，沒什麼能為他們帶來更大成就感。

那一天，在乾溪和丹曼的餐廳之間，探礦者遇見了他們。

他是在這種情況下告訴我這個故事的：我來到彼得溪畔一棵搖晃的白楊樹下準備午歇。那條路通往土納威（Tunawai），那時探礦者已經在那裡，頭上用鄉間牧羊人留下來的交織樹枝來遮蔭。他挪了挪身子，在樹蔭下為我空出一點空間。

我知道沒有其他遮蔽處了。我們眼前是一望無際的不毛沙地；沙地上的每一寸空間只見毫無生氣的灌木叢。我們身後的斜坡泛著一層粉紫色霧氣，遠山輕盈而泛白。往東，大地朝軸心處下沉，在一片陰沉、貧瘠的靜寂之中，升起蒼白而縹渺的雲朵。偶爾一陣風起，搖晃的白楊樹上乾細的枝葉嘩嘩作響。

我和探礦者聊了起來，談論旅程中的好奇與執著。當腳步因置身沙漠而變得遲緩，心靈依然堅持在漫長廣漠的路上不畏困難繼續前進；為了一心向前，心中能承載的可能性也愈來愈多，遠方的目標和即將到來的一切交錯出現，就像一幅變化未定的畫。就這樣，人持續前進，直到身體為了休息或進食才會停下腳步。這時，沒有人知道旅程是否會在此時終止，或者心靈會繼續掌控一切。我說過，這讓我明白，堅毅的沙漠之旅需要具備非比尋常的本事，還有，尋礦人在他們記錄的地點之間來回遷徙是多麼艱難的事，因為即使他們多年前曾親身去過那些地方，也曾以心靈之眼鑑定過，但每個地區陌生與熟悉混雜的景象，還是會讓他們感到迷惑。

「不過，」探礦者說：「旅程真的是依隨心靈而持續的嗎？」

我也想知道：「除非記下一切，帶回所見所聞，不然如何證明？」

「或者就是順其自然，」探礦者說；「我想，一切會水到渠成。」

「心靈能做的只是認真觀察，」我不同意他的話：「沒有身體，它什麼都做不成。」

「或者相反。」探礦者意有所指。

「那麼，」我說：「告訴我那是什麼樣的故事吧。」

接下來探礦者告訴我這個故事，然後我把它寫了下來。故事主角是四個男人，時間是早上九點，當時探礦者來到乾溪區，準備前往顎骨峽（Jawbone

Canon）。那一天，熱氣蒸騰，在峽谷邊緣裊裊上升，不斷晃動，水的幻影像水銀在坑洞裡流動似的。

探礦者是這麼說的：那是五月的某天早晨，看起來沒什麼異狀。他剛走出仙人掌平原（Cactus Flat）的乾涸河床，發現在熱氣之中，有個男人好像在追捕什麼。儘管他不久就知道自己遇見了如幻象般難以解釋的恐怖事件，也很快就發現自己捲入了隨之而來的紛擾，但那當下一時說不上來有什麼不對勁，即使那個男人朝他走來時的模樣非常奇特，他也不覺得有異。他看著那男人被海市蜃樓的幻影吞噬，然後又慢慢現身，隨後再次變小——「就像手風琴一樣。」探礦者說。在一片霧氣裡，那人彷彿多了好幾雙手腳，朝他蹣跚走來，怪異極了。

不久，他看清了那個出現在他和太陽之間的男人，而且那時他已經知道那人正期待能遇到其他人。當探礦者驅趕著騾子迎向他時，他認出對方是誰了。那是威爾斯。看到矮子威爾斯卻沒看到湯姆·巴希特，這情況實在太不尋常，讓他覺得不對勁。矮子威爾斯自己也有相同感覺，還來不及打招呼就迫不及待地說：「湯姆死了。」

兩天前，他們兩人經過了汀帕（Tinpah）。巴希特有心臟無力的毛病，高山對他的健康是個威脅，但這回他成功通過了隘口。隨後，他們從汀帕山脊朝著乾溪往下走，那段下坡路簡直像鑿井吊桶往下直落般陡峭，於是，無法挽回的意外發生了。山腳下有段路塌了一半，另一頭通往丹曼餐廳的路則有數哩是完全崩塌的，他們徹底陷入絕境。湯姆非常痛苦，除非附近可能有可以提供援助的地方，否則矮子是不會丟下他去尋求救援的。大約一個小時後，就在印第安人說的「破曉的藍光」出現時，湯姆死了。

矮子遇到探礦者後，和他一起回到紮營的地方。威爾斯一路上不停質問自己，如果當時他這麼做而不是那麼做，會不會對可憐的湯姆比較好？探礦者安慰他，事情不是像他想的那樣。

由於突如其來的同情，探礦者沒讓威爾斯知道他不久前才在特雷斯皮諾斯聽說的事——克里爾曼在顎骨峽有間小屋，麥克在山區紮營時，克里爾曼就住在那間小屋裡。小屋和汀帕山腳之間的距離，不比當時矮子他們和丹曼餐廳的距離遠，只是方向正好相反。如果矮子當時知道小屋的存在，說不定能幫得上湯姆。不過不告訴他這件事對他比較好。也就在那個時候，探礦者知道，矮子威爾斯和高個子湯姆不知道那個小屋的確切位置，當時也沒看到麥克和克里爾曼。

他安慰矮子，在湯姆闔眼之前，他一直陪在夥伴身旁，可說仁至義盡。「在他斷氣之前，我一直沒離開他。」矮子告訴他：「接近天亮時，他愈來愈安靜，就在我準備幫他蓋上毯子時，他斷了氣。然後我才離開。」

當時他的心中有一絲恐懼，或許單純是受亡者刺激而產生的感受，也或許是因為想找人幫忙處理葬禮，於是他留下朋友的遺體轉身離開。

他們穿過平原返回朋友身旁的路上，他的眼睛始終盯著地面。地上一叢叢閃閃發亮的醜陋鹿草長得平順，越過它們，遠遠就可看見混亂的營地。營地四周圍繞著毫無生氣的鹽角草。他們逐漸走近。營地裡，矮子以木棍交叉點燃的微弱火苗晃動著。他打起精神面對必須面對的一切，抬起眼，隨後發出哀號，跑了起來。探礦者對眼前所見驚訝不已。一切和他預期的幾乎完全不同，以致於他不知從何說起。

探礦者說，他不知道矮子什麼時候就知道發生了什麼事，他自己則是眼睛看了好一會兒，腦袋才理解是怎麼回事。那屍體躺在沙地上，距離空蕩蕩的床有好幾碼，完全不是矮子離開前蓋上毛毯的那個僵硬的人。他們扶著屍體肩膀將它翻過身。探礦者說，他們應該同時意識到同一件事，而且太過震驚而說不出話，因為他不記得他們曾經交談過。接著，矮子驚聲大叫。

遺體的四肢還算鬆軟，戳按後還會慢慢回復原狀。它身上沒有傷痕，但血從鼻子和嘴巴流得到處都是。那是個小個子的男人，沒什麼特別之處，關節輕微變形，那是鉛礦產區常見的症狀。由於這些特徵，加上四周變亮了，探礦者認出了死者是誰。矮子沒見過他，但探礦者不久前才在特雷斯皮諾斯聽過他的事，他因為憤怒而在那裡吐血倒下，顯然又因為憤怒而走上這條山路。他出現在這裡，而且以這個樣子出現，實在令人驚駭。然而，一想到湯姆又變成什麼樣子，就更令人毛骨悚然了。

床上還有他躺過的痕跡，原本下半部有皺摺的散亂毯子，這時微微翻起，在風中輕輕晃動。在這樣的白天，除了數里外峽谷山壑陰影下的汀帕大山，不可能有地方可以躲著人。有那麼一段時間，矮子腦中一片混亂。他在營地四周胡亂尋找，很快又折回來，緊抓著沙地上的屍體，好像那只是暫時出現的奇異幻象，隨時可能恢復正常，重新變回他的朋友。探礦者一點一滴勉強拼湊可能的情況。

當然，他們必須重新思考湯姆還沒死的可能性，接著往下推測另一個可能：麥克拖著病體，從特雷斯皮諾斯出發，走過漫漫長路來到顎谷峽，想必已經知道克里爾曼躲在這裡。身體羸弱的他，在矮子離開之後抵達營地，那時應該已經因痛苦虛弱而筋疲力盡，這情況讓高個子湯姆從恍惚或昏睡中醒來，起身準備助他一臂之力。

「去殺克里爾曼？湯姆？」

矮子想到湯姆的和善，實在難以想像，但探礦者信心滿滿地往下說：

「沒錯，他去了。」

「可是他不可能做得到，」矮子懷抱著希望說，彷彿任何能阻止他的夥伴離開營地的事多少都能證明他一直沒離開：「他二十四小時沒起身下床了，而且痛苦得不得了。還有，他不知道那裡有個小屋，如果他知道，我昨天就會去那裡了。」

「當然，麥克應該告訴他了。」

矮子喪氣不已，隨即又想到另一件事，無論他多希望自己的夥伴還沒死，他對腦海裡那不容質疑的證據還是無法釋懷：「可是他斷氣了。我說，人斷氣了，不就是死了嗎？」

無論他說了什麼，都像熱氣中飛來飛去的蒼蠅發出的嗡嗡聲。矮子臉上迸出無數小小的汗珠。

最後，他說出心裡的話：「你說，如果這個叫麥克的狀況像你說的那麼糟，為什麼湯姆沒幫他？為什麼他就那樣走掉？讓他就這樣倒在這裡？」

探礦者提醒他：「他不是湯姆離開後才死的，麥克不是湯姆離開後才死的。你為什麼會這麼想？」

「我們紮營後，湯姆就沒再起身走動了。」矮子很有把握地說：「而且，除了他和我一起走進營地的痕跡外，他沒留下其他腳印了——而且外面……那裡！」湯姆的腳印朝著顎骨峽的方向。他走過去，不安地說：「可是，他去找克里爾曼做什麼？」

這的確是個關鍵。探礦者一邊用湯姆的毛毯蓋上屍體，一邊思考。最後他想出原因了：

「湯姆是個溫和的人？」

「沒人比他更隨和了。」湯姆的夥伴肯定地說：「嗯，應該是這樣，當他發現這小個……（出於對遺體的尊重，他斟酌了一下用詞。）

「……麥克出現在這裡，打算去殺人，湯姆那時一定是打算趕緊出發去提醒克里爾曼。」

這很像湯姆可能會做的事，無形中也讓整個事件顯得更合理。他們當下感覺如釋重負，接著很自然的跟著湯姆的足跡往前走。然而，當他們以穩定而流暢的步伐走入沙漠，那釋然的感覺很快就消失了。或許，湯姆的行動在矮子腦海裡重現了；他明明兩個小時前失去了知覺，如果再考量從營地到克里爾曼小屋的距離等幾個具體細節，整起事件回想起來更不真實了。

在這個方山地形裡，在這樣明亮的光線下，如果有人在他們與峽谷入口間的崎嶇山路上行走，他們不可能看不見。他發出更激烈的哀號：

「他不可能這麼做的，相信我，他不可能走這麼遠……他死了，相信我……他斷了氣，而且我用毯子蓋在他身上……」

探礦者心裡突然更清楚了：湯姆因為再度衰竭，倒在遮蔽視線的雜草後方或某個不知名的水窪裡了，但除非他們能很快找到他蜷縮的身體，整起事件才能得到合理的解釋。探礦者原來的看法讓他們以為自己已脫離恐懼，此時他想必發現他們再次陷入莫名的恐懼之中。

兩人來到峽谷入口的沙地和鬆散頁岩旁，矮子又出現不知所措的舉止。

「你注意到了嗎？」他說：「湯姆的足跡是不是有點怪？」

「怪？怎麼怪法？」

「嗯……就是不太一樣？」

「你是說，他走路好像有點跛？」探礦者說。

「嗯，他沒有……可是另一個人……後面那裡……那個人有一隻腳是跛的。」

「矮子！矮子！」探礦者的語氣近乎請求：「別這樣……你不可以……不可以像這樣繼續下去了！」

威爾斯自顧自地往下說：「嗯，他真的是跛腳。」他的聲音乾啞，愈來愈小聲，變得像耳語一樣。

那個確定死掉的男人的足跡停在火堆旁，那個原以為已經死掉的男人醒了，而且在另一人身旁留下腳印。他們兩人之間原本相距只有二十來步，但對探礦者來說，那個距離突然放大了，變成一個難以測量的空間。

就在這個時候，他忽然想起關於旅程的執迷，也就是我們開始聊天時提到的重點。這時，他好像可以看見麥克拖著不聽使喚的可憐雙腳，從特雷斯皮諾斯慢慢往前走，心中的怨憎在遙遠的前方飄浮著，陣陣強風吹得他向前，又像風箏般用力拉著他，讓他走過無盡的炙熱沙地和銳利石地，直到營地才放開他。

當克里爾曼的小屋開始出現在峽谷的陰暗山壑之間時，他努力擺脫自己的想法，留意著那個淺松木色的方形建築。

門是開著的，兩旁小窗上的窗簾半拉上，用來遮蔽一個多小時前從峽谷另一側照進屋裡的刺眼光線。他們停下來留意動靜，玄武岩牆上的錫製煙囪仍斷斷續續冒出微微泛藍的煙霧。那是克里爾曼生火烹煮早餐時生的火。

他們又往前走，看見一隻手無力地垂在門檻上。往前再走近一點，他們看見克里爾曼的身體癱倒在地，臉部朝下，擋住了門。一隻小蜥蜴從沒上漆的木板上快速走過那隻手，消失在陰暗的屋裡。他們就像在牠的引領下，在盤子碎片、凌亂家具之間發現了高個子湯姆的身影。他半靠在床腳上，身上插著克里爾曼斷了柄的刀，流著血，因受傷而奄奄一息。

那是湯姆。他斜眼瞅著他們，臉上帶著不曾出現過的奇特神情。就像有時無聊路人會用鉛筆在海報人像上添上幾筆一樣，那變化既明顯又微妙，還帶著略微驚訝的笑意，卻令他們嚇得後退了幾步。即使沒有看清他的衣服、頭髮和其他特徵，他們一下就認出他來，那個瞬間令他們驚訝不已，就此留下深刻記憶。垂死的湯姆看見他們時，眼神的敵意主要對著探礦者而來。

「你來看我們打架嗎？該死的一切都結束了……不過我是為了他才這麼做的，那個ＸＸ！ＸＸ！ＸＸ！」他發出一連串咒罵，身體逐漸往下滑。

然而矮子依然不肯放棄。他大步跨過克里爾曼的屍體，來到夥伴身旁跪下，不斷哭泣。

「噢，湯姆，」他哀求：「湯姆，你沒這麼做吧？告訴我你沒殺他，兄弟，告訴我不是你做的！」

「呿，你他媽的是誰？」他斜惡的雙眼往上看著矮子，喘了兩、三口氣，發出短促咯咯聲，隨後斷了氣，身體開始緩緩倒下。

「走吧，矮子，他斷氣了。」探礦者說，話中帶著善意。不過矮子仍跪在地上，無聲哭泣著，看著眼前死去的男人的特質留在他朋友的身上。

重新適應

「她想要某樣東西，」他懇切地說：「但我還不清楚是什麼。艾瑪知道她可以拿我所有的東西。大家都知道我是個認真養家的人。」

「只是供養還不夠。」鄰家女人暗示他。

「對。還有感情……不過她忍受我已經夠了。我沒必要用這打擾她。」他停下來擦擦額頭，然後又開始說。

「感情！」他說：「有時男人因為已經消失的感情而疲憊不堪。」

女人很快理解到，他正在清理生命中的所有東西，彷彿他厭倦了，這時準備了結了。

艾瑪．傑弗里斯剛過世，三天前才下葬。來參加葬禮的姊姊帶走了艾瑪的孩子，房子剛打掃過，門窗打開通風。然後，在似乎最不可能的時候，艾瑪回來了。

第一個知道的，是鄰居一位照顧過她的女人。大約傍晚七點，光線微暗，空氣清新，那個女人原本坐在自家門廊，用圍裙裹著手臂，突然有種艾瑪需要她的迫切感，於是起身沿著街道往前走。

她走過半個街區才想到這是不可能的，因為傑弗里斯太太已經死了，而且下葬了。不過她一來到房子對面，就意識到發生了什麼。房子敞開著，迎著夏天的空氣，除了稍微整潔了一點，和街上其他房子沒什麼不同。屋裡很暗，但艾瑪．傑弗里斯的存在感從黑暗中湧流出來，比蠟燭更明顯。它緩緩流過花園，甚至當它靠近她時，還帶著溼潤的木樨草氣息。鄰家女人覺得艾瑪之所以回來，是因為她一直覺得艾瑪會回來。

「她是不是不願就這樣成為陌生人，」這個照顧過她的女人想：「她向來不是輕易扔掉東西的人。」

艾瑪．傑弗里斯對待死亡，就像對待生活中的一切一樣，堅忍冷酷。她用表面上看似同樣開朗的反應，來面對封閉沙漠的汙穢骯髒，面對希姆．傑弗里斯無法改變的平庸，面對她跛足孩子的不幸。她靜靜努力求生的堅韌，引起鎮上人們的關注，他們懷抱著敬畏，既震驚又好奇。

她臨死之前躺在低矮的房子裡，聽著房屋四周令她嫌惡的腳步聲，還有整個社區的人粗魯地侵犯她的領域，那過程感覺就像沙地逐漸朝乾旱的田地擴張。艾瑪的想法向來與眾不同，對可能具冒犯之意的事懷抱強烈的怒意，鎮上的人早就為此不高興，更生氣的是她對他們的成就不以為意。你們想做什麼就做吧，但無論如何絕不會看到艾瑪．傑弗里斯在下午三點還穿著浴袍。她也不談論那個孩子——在很少有事發生的鄉下地方，只要能帶來話題，即使是麻煩，都像天上掉下來的禮物。

據說她甚至不和希姆說話。然而，她得到的回報是相同的怨恨。如果她想過要希姆．傑弗里斯和她一起對抗這個地方麻木不仁的精神、含糊的希望，放縱的享樂意識，如果她或多或少希望和他逃到她的衣著、行為永遠不

「你不知道嗎？」

鄰居感覺不知說什麼好。

「進來吧。」他小聲說，聲音粗啞。

他們悄悄走過玫瑰和紫藤旁，在一旁的門廊上坐下。他們身後，一扇門從裡面打了開來。他們感覺黃昏中的「靈」（Presence）像脈搏般跳動。

「你認為她想要什麼？」傑弗里斯問：「你覺得是孩子嗎？」

「應該是。」

「他和阿姨一起過更好。這裡沒有人能像他媽媽希望的那樣照顧他。」他下意識地提高了嗓門，帶著辯解的語氣對後面的房間說。

「我每個月寄五十美元過去，」他說：「他可以過得不錯。」

他繼續詳細解釋孩子住在帕薩迪娜的所有好處，鄰家女人厭煩極了。

「去那裡他很開心，」傑弗里斯對著房間說：「他說，那會是他媽媽希望的。」

接著他們沉默了好一會兒，「靈」似乎在他們上方升起，進入花園。

最後，傑弗里斯得意地拋出這句話：「我昨天向齊格勒訂了紀念碑，要三百五十元。」

「靈」動了一下。鄰居女人覺得自己幾乎可以看出艾瑪．傑弗里斯忍受希姆顯而易見的蠢行時那壓抑的寬容。

他們繼續無助地坐著，沒有說話，直到女人的丈夫走到圍牆旁叫她。

「別走。」希姆乞求道。

「噓，」她說：「你想要全鎮的人都知道嗎？艾瑪活著對你只有好處，現在別再傷害她了。她回來是自然的，如果……如果她在她去的地方一樣……孤單的話。」

「如果艾瑪不是想要什麼，」傑弗里斯爭辯說：「她不會回到這個地方來的。」

「好吧，那你就得找出答案。」女人說。

第二天一整天，每當她經過房子，都看見艾瑪還在那裡。門關著，上了門，但「靈」在百葉窗後潛伏著，在門邊摸索著。夜裡，飛蛾開始在窗下的樓斗菜中飛舞。「靈」離開屋子，在花園裡行走。

鄰家女人來的時候，傑弗里斯在門口等著。他在溫暖的黃昏裡渾身冒著汗，「靈」就像隨著開心而增長的疑慮似的，在上方盤旋。

「她想要某樣東西，」他懇切地說：「但我還不清楚是什麼。艾瑪知道她可以拿我所有的東西。大家都知道我是個認真養家的人。」

鄰家女人突然想起，有一次她靠近艾瑪．傑弗里斯去撫摸孩子，唯一的一次。那時孩子病了，她陪著艾瑪整夜沒睡，大膽問了一個問題：「他爸爸怎麼想？」艾瑪極度恐懼、蒼白而無表情的臉轉向她。「我不知道，」她承認說：「他從來不說。」

「只是供養還不夠。」鄰家女人暗示他。

「對。還有感情……不過她忍受我已經夠了。我沒必要用這打擾她。」

他停下來擦擦額頭，然後又開始說。

「感情！」他說：「有時男人因為已經消失的感情而疲憊不堪。」

女人聽他說的話，很快理解到，他正在清理生命中的所有東西，彷彿他厭倦了，這時準備了結了。

這是一個渺小的靈魂試著了解自己，但看得還不夠清楚。奇怪的是「靈」不在花園裡行走了，它靠了過來，像蜘蛛網般抓住常春藤，隨著他斷續的句子而搖擺。

他繼續說話，鄰家女人像他看著自己和艾瑪那樣看著他在說不清的痛苦中掙扎，深陷其中。他也失望過。她從沒欣賞過身為男人的他，讓他感覺羞恥。他從來沒有離開，以免她在自己的同伴中受辱。他是她丈夫，他無法選擇，儘管感覺遺憾，但是他可以讓罪過和冒犯保持最小程度。況且，還有孩子。她一直想要孩子，但他卻犯了錯，讓她有個跛足的孩子。他極為自責，歸根究柢認為錯在自己年輕無知，直到鄰家女人因驚訝而不想再聽他往下說。不過「靈」依然留在那裡。

他從來沒有和妻子談論過孩子。他該怎麼說？那是事實——他的無能眾所周知。而她也沒和他談論過。那是遭受天譴、無法抹去的記憶，她用沉默像香膏一樣塗遍他的傷痛。為了回報，他從來沒有離開過。他忍受她，以免她讓同伴得知他是多麼乏味的男人。他說的每個字都表明他對她的愛——他愛過她，不論出發點是否單純。他不知不覺像孩子般暴露自己，而「靈」仍在那裡。談話最後縮小範圍，變成安慰他心靈的寒暄客套。「靈」縮小了，順著花園的風流向他們。當它碰觸到他們，就像有時夜幕降臨後仍留在窪地的午後溫暖空氣。這時，鄰家女人起身離開。

第二天晚上，她沒有等他。當一隻小型穴居貓頭鷹發出叫聲時，她掛起圍裙，去和艾瑪．傑弗里斯說話。「靈」在那裡，受她吸引而靠近。她在紫藤和門廊的第一根柱子間找到鑰匙，但一打開門就感到一陣寒氣，也許是艾瑪．傑弗里斯闖入自己房子帶來的。

「主耶和華是我的牧者。」鄰家女人說。這是她忽然想到的第一句宗教句子。接著她說了整篇詩篇，然後是一首讚美詩。她從大門走進來，背對著它，手放在門把上。一切都像傑弗里斯太太離開時一樣，帶著為伴侶保留房間的那種等待的氣氛。

「艾瑪，」她大膽地說，此時那股寒氣因神聖的話語而減弱了些：「艾瑪．傑弗里斯，我有話對你說，你要聽著。」她堅定地補充說，白色的窗簾在窗旁隱約動了一下。

「你在的時候……不願意談你的困擾，我們配合你，但現在必須為希姆著想。我猜昨晚你聽到想聽的話，明白了情況。如果希姆以前就把話全說出來而不是藏在心裡，也許會更好，但無論如何他現在說了。我想說的是，如果你打算留下來繼續聽，那就錯了。你是個非比尋常的女人，艾瑪．傑弗里斯，我們沒有人夠了解你，也許這對你不公平，但希姆只是個普通男人，我理解他，因為我自己也是個普通人。如果你認為他每天晚上都會對你敞開心扉，或因為眼前發生的事就讓他和過去有所不同，那你也錯了……如果你待在這裡，很快情況就會像平時一樣糟……男人就是那樣……現在你最好離開，趁你們對彼此有了理解。」

她站在那裡，盯著幽暗的房間，房裡彷彿突然充滿騷亂和拒絕。它似乎攻擊她，讓她無法呼吸，但她仍堅持著。

「你必須離開……艾……我會等你離開才會走。」她語氣堅決。接著又說：「耶和華靠近傷心的人。」並一直重複這句話。接著「靈」開始下沉。

「你該走了，艾瑪，」她帶著說服的語氣，停頓了一下，又說：「你六次遭難，他必救你；就是七次，災禍也無法害你。」

……「靈」重新振作，不為所動。她可以看出，它站在孩子蠟筆畫像的鍍金畫框另一角旁。

「……你必忘記你的苦楚，就是想起也如流過的水一樣。」鄰家女人最後如此說道，因為她聽見傑弗里斯來到屋外的碎石路上了。從他的神態很容易看出「靈」為他的夜晚帶來影響。他眼前最迫切的需要是睡眠。對一個男人來說，他承受了痛苦，此時也該告一段落了。

「我來看有沒有什麼能幫忙的。」女人友善地說，手扶著門。

「我想沒有了，」他說：「我很感謝，但我想沒有了。」

「你看，」女人轉頭小聲說：「他甚至對我也不再多說什麼了。」當「靈」經過她身邊，她感覺她的心彷彿被拽了一下。

鄰家女人走了出去，走在凹凸不平的街道上，經過學校，跨過鎮上的小溪，走過田野，經過水閘後回到城鎮。她再次經過傑弗里斯的家時已經是九點了。除了稍微整潔一些，它和鎮上其他房子沒有什麼不同。門開著，燈亮著，她看見傑弗里斯黑色的身影。他坐在那裡看書，像任何男人在自己的房子裡一樣安然。

女人的辛酸

沙博特婚後不久就發現，
妻子對待傷殘變形的他的態度，
彌補了他對美麗女人的旺盛欲望，
她為他帶來平實慰藉的種種用心，
平息了他原本期待眉眼傳情而不可得的挫敗感。

這就是他感受到的女人的辛酸：
問題不在於她們是否有足夠的熱情，
而是她們的眼神失去了火花，腳踝變形，
內心溫柔珍愛的東西逐漸枯萎或有了缺憾。

當路易斯．沙博特告訴瑪格麗塔．迪普雷他無法愛她時，他坐在她父親位於特雷斯皮諾斯的花園裡的無花果樹下。這樣的事經常發生在路易斯身上，他也都處理得非常好，並且相當享受過程，因為在他這樣的人面前，女人會不由自主地用心打扮，如花綻放。瑪格麗塔非常愛他，不僅路易斯知道，全特雷斯皮諾斯的人都知道。

那是明亮的下午時分，迪普雷家的花園裡靜悄悄的，只有成熟無花果掉落的聲音，還有卡斯蒂利亞玫瑰下方水龍頭的滴水聲。在鎮外一哩的地方，沙博特的羊群把頭藏在彼此肚腹下，站著打盹，其他牧人則把頭藏在濃密糾結的鼠尾草下，在地上假寐。老迪普雷坐在前院裡，臉上蓋著手帕，睡得正酣。沙博特喝乾最後一滴紅酒——非常好的紅酒，迪普雷自己釀的——把平底玻璃杯倒過來，坐回座椅裡，對瑪格麗塔一一解釋他為什麼不愛她。

瑪格麗塔肥胖的手臂裹著長圍巾，斜撐在桌上；圍巾是淡藍色的，而她的膚色太黑，不太相稱，但那藍色確實漂亮。她向前傾著身子，堅定地注視著路易斯，不發一語，因為她擔心如果垂下眼簾，淚水就會流出來，如果微笑，嘴唇就會顫抖。瑪格麗塔覺得這不是她要的，卻不知如何避開這一切。

她願意付出一切，讓自己有能力當面告訴路易斯毋需為她如此擔憂，因為她對他一點興趣都沒有；她召喚所有自尊，希望能這麼做，但完全沒用。

路易斯告訴她，她是個好女孩，如果她讓他開心，他很樂意結婚。她是個非常好的女孩，而且還知道怎麼放羊。Très-bien!（太好了！）老迪普雷教過她放羊，但是關於愛情，她少了一點什麼——情趣，這個小法國人解釋說，l'art d'être désiré（愛的技藝），雖然他只是「無界之地」的一個牧羊人，但就算是個花花公子，也不會比法國人更法國人，比無賴更無賴。他斜靠在椅子裡，帶著交代完畢的神情。

「薩爾蒂．比爾愛我。」瑪格麗塔冒險地說。

「噢，比爾！」路易斯看起來有點受傷；儘管他經常以這般隨便的風格對待女人，但也不希望她們這麼快就恢復正常。他的表情讓瑪格麗塔覺得自己好像冒犯了君王，連忙向他保證，她一點都不在乎薩爾蒂．比爾。她隨即就意識到這是個錯誤的舉動，但她無法忍受路易斯那樣看她；何況瑪格麗塔一直以來沒學會偽裝。沙博特又幫自己倒了一杯紅酒，然後回到正題。

他說起有個叫蘇珊．莫尼耶的女人。蘇珊有雙多麼美的眼睛！她的眼裡有為你閃耀的火花！還有她的腳踝！有多少情人是受腳踝吸引而來的。瑪格麗塔在桌子遮掩下把腳縮攏在裙子底下。她的腳踝粗，而且沒有任何掩飾。

「那麼你愛的是蘇珊了？」

「呃，」牧羊人說：「有可能。我愛過許多女人。」

接著，也許因為他在乎的是所謂的女人味而不是某個特定的女人，也許因為眼睜睜看著她被這件事擊倒但自己卻幫不上忙，他瞄了她一眼，給她一抹能吸乾她心裡所有血液的微笑，接著俯過身，帶著告別般戀戀不捨的溫存，用唇輕輕擦過她的頭髮，於是，儘管他才告訴過瑪格麗塔他不愛她，這可憐的女孩還是無法確定他是不是會愛她。很多女人都在路易斯．沙博特身上遇過這樣的事，每個人都完全相信自己是唯一的，如果他處理得夠巧妙，她們也許也會和瑪格麗塔一樣，感覺為此受苦是值得的。

瑪格麗塔只能算半個法國人。老迪普雷娶了她的母親塞諾麗塔．卡拉斯庫，而塞諾麗塔只是半個西班牙人。事實上，在特雷斯皮諾斯，要不是法國血統多一點，要不就是西班牙血統多一點，因此取名字時也沒那麼在意。迪普雷飽受沙漠折磨，一路從牧羊人熬成羊群主人，等到上了年紀，自然也就不考慮返回法國，而是和瑪格麗塔的母親結婚，在特雷斯皮諾斯定居下來，靠利息過日子。

事實上，他的女兒的內心有著蘇珊顧盼間展現的所有火花與溫柔，但就算她的靈魂溫暖而熾熱，臉頰卻沒有布滿光芒，眼中也沒有吸引他的火花，這對路易斯．沙博特有什麼用？她面色黝黑、凝重；她沒有出色的外表，因為她的體型太大，上唇還有一個指印般的淡淡陰影。

不過這個女孩並不是沒有自己的優點。她擅長烹飪，那是父親遺傳給她的法國特質。她能跳舞，那來自母親的卡斯蒂利亞傳統。況且，薩爾蒂．比爾喜歡她。比爾有一支由十八頭騾子組成的團隊，為硼砂廠運送貨物。他比沙博特強七倍，但是她對他的感情還比不上路易斯對她的感情。她繼續堅持禱告，並且向蒂亞．朱娜傾訴心事。蒂亞．朱娜責備她錯過一段好姻緣，但女孩依然相信聖人會給她自己心中所渴望的，因此蒂亞．朱娜非常同情她。

每年春天剪羊毛時，沙博特會把羊群趕到貝克斯菲爾德（Bakersfield），在特雷斯皮諾斯繞上三圈，而且每三個月就會到小鎮補充日用品。然而，那裡的女孩不多，沙博特每次來都覺得沒有值得關注的新目標，況且他期待的是年輕漂亮、擁有高明手段、可望而不可即的女孩。於是，他有足夠的時間用他諂媚的閃爍目光、奉承的舌頭，讓瑪格麗塔心存希望。這對他來說是再普通不過的技巧，連他都不太知道自己多麼運用自如。

老迪普雷死後，他的女兒繼承了他的房子和存款利息，因此，即使她的上唇有淡淡黑色痕跡，即使她堅貞但不擅長愛情遊戲，她還是成為特雷斯皮諾斯值得關注的人物。她和老蒂亞．朱娜為伴，住在無花果樹下的房子裡，受人尊重。據說她的衣服比任何人都多，儘管這些衣服並不適合她。

瑪格麗塔始終在聖人畫像前點著一根蠟燭，在自己心裡也為英俊的小牧羊人點著一根蠟燭。三年來，他繼續和女人上床，受她們愛慕。不久，聖者出手干預了他的風流韻事。當然，路易斯自己並不這麼想。

這一年的春天，他和他的羊群在黑山露營。羊群主人離開了兩天，到特雷斯皮諾斯好好喝了些紅酒。在黑山某個褐色熔岩洞中有一隻熊和兩隻小熊，老熊對小熊說——當然是用熊的語言：「今晚和我一起去羊群那裡，我要讓你們看看怎麼捕獵。那裡會有狗，還有人，但不要害怕，我會小心，不讓他們傷害你們。」

大約在獵戶座的彎刀斜斜朝向西方時，沙博特聽到牠們的咕噥聲，以及羊群亂竄的喧鬧聲。也許因為他還算了解熊，他並不怯懦，起身準備用牧羊杖奮戰。如果他知道那是小熊，可能就不會那麼做了；他在黑暗中踩到一頭小熊的腳掌，母熊聽到號叫聲，在朦朧的夜色中笨拙地奔過來，用爪子抓住沙博特。

第二天下午接近四點時，羊群主人回來了，心裡還洋溢著快樂和愜意，卻在水泉旁發現一個正在流血、殘缺不全的東西，而且發出含糊不清的呻吟聲。它的一隻手從手肘以下都不見了，臉被劃開了，身體兩側有長長的紅色傷口一直延伸到大腿。過了一會兒，當他洗去它身上的血和塵土時，發現那是沙博特。他想辦法輕柔地把沙博特放在小驢背上，送他到特雷斯皮諾斯。如果瑪格麗塔．迪普雷沒辦法照料沙博特的話，不會有人願意取代她的工作。況且瑪格麗塔是個非常細心的人。蒂亞．朱娜負責照應病房，瑪格麗塔把所有心力放在料理食物。

等到沙博特能用完好的那隻手撐著拐杖一瘸一拐地走路，用針別起另一隻袖子時，如果還有其他問題，他都因為和她結婚而解決了。人們認為，這件事他做得很對。既然他沒辦法再做什麼，既然瑪格麗塔願意接受他，那就是回報她的好方法。只是在那之前他經歷了其他的事。

當沙博特開始拆下繃帶時，蒂亞．朱娜一直留意不讓四周出現鏡子；也許，他自己也沒有勇氣照鏡子。當然，瑪格麗塔看到他的不同時，臉上一點變化都沒有。

他向她求婚，是在他知道自己變成什麼樣子的那一天。那天，他受不了這兩個女人的勸告，第一次溜上街。說實話，他完全誤解瑪格麗塔的話了。當他問她不讓他出現在公共場合的原因時，這可憐的女孩只是告訴他，在她眼裡，他還是和以前一樣英俊。

他走在街上，感覺得到空氣和陽光帶來的喜悅、特雷斯皮諾斯樹蔭下傳來的葡萄和落葉氣息，以及街角老莫尼耶家的花園裡，年輕女孩的裙角飛揚和圓潤手臂的柔和觸感。路易斯撐著拐杖，挺直身子；他感覺得到遊戲即將展開的激動與興奮……他時而覺得自己擁有過去的自負，時而因怯懦而感傷頹喪……他緩緩走過花園，突然間，蘇珊抬起頭……看著他，起先毫無反應……然後慢慢認出他來。接著，她用圍裙遮住自己的臉，放聲尖叫，奔進屋子裡。她奔跑的身影毫無風情可言。

路易轉進巷子裡，猛然坐在黑色鼠尾草上。他沒有他想像的那麼堅強；他試圖弄清楚這可能是怎麼一回事。沒多久，他就非常清楚了。幾個孩子在鐵道旁的地上玩遊戲，他們看見他靠近，像鵪鶉般四散奔逃；他聽到身後的鼠尾草傳來聲響，他知道，那是人們聳著肩膀，把手指放在嘴唇上，強自壓抑忍不住興奮的咯咯笑聲，他知道，他們一個接著一個，鼓起勇氣偷窺一個可怕的東西。

就是那天下午，當她端著湯和紅酒走進房間時，他向瑪格麗塔求了婚。可憐的女孩把碗放下，過來跪在他身邊，非常謙遜溫柔。

「你確定嗎，路易斯？」她問道，把臉頰貼在他手上。

「我什麼都不確定，」他說：「只知道沒有你我無法活下去。」

非常奇怪的是，他一說出這話就發現，和她一起生活並不簡單，因為他失去了一隻耳朵、一隻眼睛，嘴部也因為傷疤而扭曲變形，如果不是因為自然的欲望，連親吻都很難了。

瑪格麗塔結婚後沒有變美，反而有點逐漸變胖的感覺。她不再仔細打扮自己，因為沒有打扮的條件了。儘管如此，有時對他來說——例如兩人一起出門，當他看見年輕的已婚婦女一看見他就匆忙閃避的時候——她平凡的臉可說幾近於美了。

瑪格麗塔堅持帶他出門。他們經常去看鬥雞、參加舞會，他坐在舞廳角落裡，小心地把身體好的一面朝著人們。他的妻子非常喜歡跳舞，但她放棄跳舞，坐在他身邊陪著他。不過，說實話，即使沒有她的陪伴，只要發現自己被燈光、笑聲、裸露的服裝、他喜愛的競爭遊戲所圍繞，沙博特也很能忍受這一切。因為他不再是過去的自己了，因為如今他已明白，這些都不屬於他了。儘管只有三十四歲，可憐的路易斯已經不再擁有「愛的技藝」了。

在他的餘生，他必須竭盡全力才能理解，他的妻子努力維護他的名聲，不讓他受委屈。他們也有愜意的時候。瑪格麗塔把他照顧得極好，牧羊的事她也懂。如果看見羊群揚起的灰塵，她就會拉著裙子跑到小鎮邊緣，然後帶回許多消息，例如牠們要去哪裡、什麼時候到、天氣的情況，就算是沙博特自己去，取得的消息也不過和她差不多。她的丈夫不知道，她究竟用了多少方法，才讓他的生活充滿感受和感動。沙博特婚後不久就發現，妻子對待傷殘變形的他的態度，彌補了他對美麗女人的旺盛欲望，她為他帶來平實慰藉的種種用心，平息了他原本期待眉眼傳情而不可得的挫敗感。

這就是他感受到的女人的辛酸：問題不在於她們是否有足夠的熱情，而是她們的眼神失去了火花，腳踝變形，內心溫柔珍愛的東西逐漸枯萎或有了缺憾。在妻子肥胖平庸的外表之下，隱藏了音樂的律動、運動的快樂、游泳的感受、被他的傷疤隔開的熾熱火焰。

像這樣的時刻，他就會想起他和許多女人之間發生的事，並且發現他的能力在他內在凋謝了，死亡了。因為知道是自己使她的心變成如今的模樣，算不上無賴的他，努力不讓自己成為一無是處的丈夫。有時，當他用嫌惡的眼神看著她——看著她抖動的胸部、壯碩的手臂、不再被誤認為指印的上唇黑影——當他因為她沒有力氣移動他而心生憎恨，他會讓她難受片刻，即使占上風的是她。不過無論他讓她多不快樂，只要用變形的嘴輕輕一吻，就能讓一切重新恢復正常。然而對路易斯來說，世上的興奮、狂喜，以及微妙且無與倫比的奇蹟都已不復存在，永遠不存在了。

罪惡之屋

韓比太太看見瑪格瑞特如此賣力，
看見她冷酷的紅唇，明亮的黑髮，
長而蒼白的眼皮下疲勞過度的黑眼圈，
感覺有一種奇特粗鄙的美。

在她看來，瑪格瑞特甚至在打掃門廊時，
都不知道如何把裙子固定好。
看見她對生活技巧顯得如此笨拙，
她不再氣惱，反而產生了富人情味的同情之感。

當那間屋子在礦區營地裡剛完成結構骨架時，人們就已經叫它「妓院」了。它前方長而低矮的小房間有各自獨立的門通往窄窄的陽台，罪惡就發生在每一個房間裡。

在礦區，這樣的房子是繁榮的指針。它四周所有礦石都是銀白色的，透過屋裡絲綢的沙沙聲和綢緞拖鞋後跟的喀噠聲，你會知道，遠方市場有權勢的人讓白銀上漲了一些；當猶太人聚集在交易所裡小聲議論時，那些房間裡會有裙角輕揚，燈光熄滅。房前那兩棵三葉楊雖然掩映了入口，但它們彷彿因房間裡的動靜而驚嚇不安，枝葉不斷窸窣作響，反而更引人注意。

妓院的房客來來去去，有時她們會有名字和身分，但大多數只是妓院裡的女人。人們總是那樣稱呼她們，彷彿一跨進門檻，就完全無法逃脫那裡代代相傳的混亂和羞恥。城鎮的狀況，取決於人們對於礦區能轉換成多少財富的預期，因此，男人在妓院裡或悠遊或沉淪，妓院也從一開始的生意興隆、過度發展，到後來變成不具誘惑的一灘死水。最後，它隨著礦石價值降低而失去吸引力，只能成為公認的卑賤標誌，無法洗去汙名。

在營區，它向來有助於人們保持對潮流和華麗服飾的關注。在它最繁華的時候，沙漠營區的條件、貨運的價格、大量購買的洗潔劑、昂貴的服務費，讓良家婦女顏面掃地，但即使如此，人們向來也能透過對妓院的觀察，掌握在舊金山流行的時裝樣式。餵養很多孩子導致瘦削胸部下垂的婦人，謹守婦德、穿著印花布衣的邋遢主婦，恪守傳統榮譽的受寵妻子——她們全都留意著它。她們對妓院的評論，就像吹過三葉楊樹間的風般喋喋不休。

當人們對於在這個地區開礦失去興趣，很快又在難以預測的世界的另一頭重新點燃熱情時，即使此地仍維持穩定的利潤和地位，仍因為失去新奇而無法再引發人們的好奇。妓院周圍的土地被瓜分，小鎮原有的所有活動在它四周進行著，隔離它的汙染的，只不過是一道木製高籬笆，而且有些柵欄已經腐爛。好女人不再像以前那般憂心，只要留意不讓自己的孩子在它前面的那兩棵三葉楊樹下玩就好。那兩棵樹彷彿掩蓋了不正當的職業，妓院蜷縮在樹後，承受著遭人輕視的汙名，就此停滯不動。

這時，它成為冷酷的瑪格瑞特獨有的領地。她很漂亮，自己可以過更好的生活，要不是因為韓比太太，所有關於她值得記錄的事都不會留下來。

韓比家面街，和妓院的後院相鄰。韓比是伊可里普斯（Eclipse）的爆破工頭，每隔一週會在星期天回家。他的妻子非常愛他，儘管缺少他的陪伴，還是在有規律的城鎮生活裡找到了慰藉。她週一洗衣服，週二燙衣服，週三烤麵包，還把客廳打掃得像沒有人住過似的。韓比太太感覺高尚、富有，因而並不了解礦區二十年來的雜亂無序。

韓比太太的困擾是沒有孩子。如果有小腳丫在房間裡走來走去，小手指在她衣服上拉扯，她可能會非常開心，也就沒有時間為妓院的事情費神。過去她懷抱過希望，不過到了四十歲——儘管臉頰還豐滿明亮，頭髮烏黑，身材彷彿融化消失在整潔的印花裕袍裡——韓比太太不再抱什麼希望了。她做了一條絲綢百衲被，放在起居室的長沙發床上，並且開始對冷酷的瑪格瑞特和偶爾在妓院舊房間裡整理羽毛的流鶯感興趣。不過她是最守婦德的女人，絕不會承認自己有片刻分心在「諸如此類」的事情上。

一開始是韓比太太透過圍籬的裂縫發現，瑪格瑞特在罪惡工作的間歇時間，主要都在忙寡婦和遭遺棄的女人的工作。韓比先生週末留在礦區無法回來時，韓比太太自己有時也會劈柴，她看見瑪格瑞特如此賣力，看見她冷酷的紅唇、明亮的黑髮、長而蒼白的眼皮下疲勞過度的黑眼圈，感覺有一種奇特粗鄙的美。

韓比太太原本以為，罪惡的根源來自自我放縱，是由在搖椅上坐太久、戴不得體的帽子等小事慢慢累積而成的，如今她認為，那象徵著無力從值得稱許的工作中謀生。在她看來，瑪格瑞特甚至在打掃門廊時，都不知道如何把裙子固定好。看見她對生活技巧顯得如此笨拙，她不再氣惱，反而產生了富人情味的同情之感。

韓比太太漸漸感覺到，這個午後時分在妓院院子裡呼吸空氣的可憐人，也許對百衲被和花園也感興趣，只是由於她的職業的某種神祕法則而無法這麼做。韓比太太一心這麼往下想，甚至有點一頭熱的給了瑪格瑞特一把自己在小蔬菜圃裡種的蘿蔔。幸好，瑪格瑞特婉拒了。

韓比太太再也無法克制自己想敦親睦鄰的心情，比無法控制腰圍還難，只是她的確不願意其他人看見她透過圍籬遞東西給妓院的人。

然而，不久之後她就這麼做了。瑪格瑞特的男伴不幸在妓院病倒了，那是礦區常見的鉛毒，但醫生到馬佛里克去了，而鄰居當中沒有人比韓比太太更熟悉治療這種病的方式。因此，他們有了幾次討論，也透過圍籬柵欄傳送了熱牛奶、湯和卡士達醬等各式特別調製的食物。韓比太太會在夜幕降臨後遞過去，早上在圍籬的這一側發現碗盤。

韓太太感覺非常羞恥，甚至沒有告訴自己的丈夫。瑪格瑞特的男伴回家後不久就死了，她也無法和任何人談這件事，不過韓比太太總是下意識地認為，她對罪惡的包容可能會引起令人不愉快的結果。一天早上，當她走出廚房門時，發現瑪格瑞特悄悄地在圍籬邊等著，她立即嚴陣以待。瑪格瑞特彎身靠在斷掉的木柵欄上，彷彿柵欄就要刺穿她的胸口。她沒有權利隨意招呼圍籬後院的鄰居，也沒這麼做過。

「我接到一封信。」她突然開了口，身體另一側的手上緊緊抓著信，手的關節因緊繃而發白。

「信？」

「堪薩斯州寄來的。我的女兒要來了。」她壓低了嗓音，小心地朝後方看了看關著的妓院，彷彿有人會偷聽。

所以，她——那個塗抹胭脂的女人——有個女兒。這是虔誠的女人長久等待和盼望的東西。二十年的怨憎開始在韓比太太柔軟的胸中燃燒。

「你怎麼有一個女兒？」她說。

「噢，」瑪格瑞特不耐煩地大聲說：「我很多年前生的，十……十一年前吧。她一直和我姑姑住在堪薩斯州，現在我姑姑去世了，他們打算把她送過來。」

「誰要送她過來？」

「我不認識的人，鄰居。那裡沒有我的親人。他們必須想辦法安置她，所以就送來給我。送來這裡！」她凶狠地用手敲著圍籬。

「她爸爸呢？」韓比太太逐漸增加的興趣蓋過了怨憎。

「我怎麼知道？我說過是很久以前的事了。她很小的時候我就離開了。

我姑姑很虔誠，不想和我有什麼瓜葛，不過她照顧她，我寄錢給她。」

韓比太太恢復了品格高尚者的超然態度：「如果你姑姑不接受你，為什麼還接受你的錢？」

「我告訴過她我結婚了，有身分地位。」瑪格瑞特靠著柵欄，冷酷而尖刻地笑了。

韓比太太拉起圍裙，上面滿是木屑。

「嗯，這是你自作自受。」她說。

然而，她一關上門坐下來就不停顫抖。

那個女人有個女兒。她——韓比太太——走來走去，一邊搖頭，一邊憤慨地自言自語。那一整天，妓院關著門，彷彿在沉睡，她茫然地望著修補過的、沒擦過的窗戶。不過，只要韓比太太走出廚房的門，瑪格瑞特就像打鐘的布穀鳥一樣從妓院裡出現。顯然她為自己安排了空檔，因為那天沒有人穿著破舊的華服出來呼吸新鮮空氣。到了黃昏，韓比太太的善良天性戰勝了自己。她走出屋子來到柴堆旁，盯著瑪格瑞特抖動的裙子小聲地說：

「她什麼時候來?」

「星期三。她接到我的信才出發。」

「那麼,我想你只能留下她了。」韓比太太說,語氣裡毫無安慰。瑪格瑞特瞬間無法克制地硬起心腸。

「她會把生意搞砸的。」她說。

韓比太太抬頭看著她身後微暗的妓院主屋,窗上的那一排排燈就像精神異常者的紅色眼皮。忽然間,像她後來說的,她毫無來由地想起沒有告示的水潭裡的泥沼,牛羊在沉悶的、黏膩的軟泥裡掙扎,窒息的聲音一直持續著。當瑪格瑞特提到孩子和她的謀生方式,韓比太太嚇了一跳。她彷彿聽到泥沼吞沒一切的聲音。

妓院裡有人笑著,大聲叫著,聲音沙啞。接著她聽見瑪格瑞特在柵欄後繼續急促地說:「韓比太太!韓比太太!你一定要幫我……我必須幫她找個住的地方……她教養很好,我說過,我姑姑很虔誠……她能為善良的人帶來慰藉。」

「是說我吧，我想。」韓比太太用輕蔑的口吻說。

瑪格瑞特沒有特別指任何人，但是她立刻接著說：「噢，是的，如果你願意，她會對你帶來慰藉！她樣子甜美，他們給我寄過照片。」她努力找到合適的話語來打動這個女人，但是聽起來並不真誠：「如果你願意的話，她就有救了。」

「喔，我不會這麼做的！」韓比太太突然丟下這句話就離開，一回到屋裡就鎖上門，彷彿想把她的建議擋在門外。

「要我幫那個塗脂抹粉的女人？」她氣得發抖。

還有五天才是星期三，瑪格瑞特不斷找她。

「你有在考慮我昨天晚上的話吧？」早上她利空閒時間在柴堆旁問。

韓比太太否認，不過她確實想過。她還想過韓比會說什麼，也想知道瑪格瑞特的女兒是否有冷漠的眼睛，明亮、淡黃色的濃密頭髮。她還在想，如果突然決定領養堪薩斯一個老朋友的女兒，該怎麼對鄰居解釋。然後她想到進出妓院那些女人的臉，決定不再想了。

星期六和星期天，她盡量遠離柴堆，但是星期一晚上，她聽見瑪格瑞特在後院叫她。這是最糟糕的，因為也許有人會聽見。

「韓比太太，」塗脂抹粉的女人請求她：「看著那無辜的孩子被帶到這種地方，你不打算伸出援手嗎？」

「我不知道我有什麼權利插手。」韓比太太說。

「你有美滿家庭，自稱基督徒，還有這一切，」她繼續強硬地往下說：「而且，我會付錢。」

「我不需要你的錢。」韓比太太憤恨地打斷她：「我想我可以照顧一個孩子但不需要——不過我不想這麼做。」她停下來，很快走回屋裡。

「韓比太太，聽我說！」瑪格瑞特一邊大喊，一邊搖晃柵欄，彷彿它們像牢籠的欄杆困住了她：「看在上帝的份上，韓比太太，一定要聽我說！韓比太太，如果你不聽，我就到你家裡去。」

韓比太太關門時聽到腐朽的柵欄裂開的聲音。

「韓比太太！韓比太太！」瑪格瑞特威脅說：「我要過去了！」

接著傳出木頭的爆裂聲，瑪格瑞特的手抓住了門把。激烈的情緒、悲劇性的舉動、鮮明的嘴唇和頭髮，似乎讓韓比太太扮演了加害者的角色。當瑪格瑞特質問她時，她四肢無力地坐在椅子上，雙手糾結放在肥胖的膝上。她身後的牆壁上，瑪格瑞特的影子搖晃著、威脅著，就像粗野命運的幽靈。

「我知道你在想什麼，韓比太太。你認為她有不好的血統，將來也許會像我一樣，但是我告訴你，那不會發生。如果你知道了會比較開心的話，我就告訴你。我懷她的時候很好，她爸爸也很好，只是那時我們太年輕了，不知道怎麼辦，只知道如果結婚會擁有什麼……可是後來我們沒有結婚。這是事實，韓比太太，我發誓，不然我願意死。」

「不好的血統！」她說，語氣強硬：「多少男人來過妓院，而且後來也結婚生子，但沒有人說過半句血統不好的事！不是這樣嗎！」

韓比太太用圍裙遮著臉，哭了。瑪格瑞特慌了，試著轉向她的立場。

「如果你擔心的是她的將來，你很清楚如果她只能跟著我的話，會變成什麼樣子。**看看我！**」她一邊說一邊擺出難以形容的猥褻惡劣模樣，好像因為看不見的爐火氣流而膨脹，牆上的影子搖晃著，更加強了那種感覺：「如果你不拯救她的話，這就是她將來的樣子。全由你決定了，韓比太太。」

「我……我不知道韓比會怎麼說。」韓比太太輕聲說。

「說什麼？」瑪格瑞特鼓勵道，帶著她對有原則的丈夫的輕蔑：「他會說他認為你希望他說的話。他會非常喜歡這個孩子，你可以把她撫養長大，也為他帶來慰藉。」瑪格瑞特的經驗不足，因而找不到適當的詞來形容孩子的未來。

「把她撫養成帶給他們慰藉的人，」對方突然最後帶著怨恨，聲音顫抖地說：「我會開心，但她自己的母親就在她旁邊過著罪惡的生活。」

「噢，」瑪格瑞特帶著頓悟的神情：「原來你煩惱的是這件事！好吧，只要你答應，我可以離開。那些女孩可能會反抗，但她們還是要聽我的。聽好了——如果你收養這個孩子，我就離開。」

「再也不回來——也不能讓她知道？」

「我用生命發誓。」瑪格瑞特說。

「那麼，」韓比太太把圍裙放下來，一邊打顫：「我就收養她。」

「絕不後悔？」

「絕不後悔。」韓比太太嚴肅地發誓。

她們看著對方，沉默了一會兒，彼此不知該如何禮貌地結束這次談話。

「她叫什麼名字？」最後，韓比太太小心翼翼地問。

「瑪麗埃塔。」

瑪格瑞特從她有限的記憶裡搜索著，又說：「她有深色的頭髮。」

韓比太太顯然感到欣慰。

最後韓比太太發現，她不需費心對收養的女孩多作解釋。鎮上的人認為，瑪麗埃塔抵達那天晚上發生的另一個事件更令人難忘，這件事因而受到忽略。

沒有什麼比得上冷酷的瑪格瑞特和妓院女人的離開。她們的離開和來到這裡時一樣突然，伴隨著身為她們獵物的傢伙的粗俗笑聲。也許由於走得匆忙，在她們離開兩個小時之後，沒熄滅的火讓妓院全都陷入火海。半夜裡，火焰從窗戶冒出，但鎮上的人都不怎麼感興趣，加上沒有財物危險，就任由它像它催發的熱情一樣快速燃燒，最後成為一大堆灰燼。

第二年，韓比接收了那塊土地，改成花園，在三葉楊樹下為他收養的女兒製作了一個鞦韆。

徒步旅行的女人

她接著說，她不知道究竟會放棄旅行留在家裡照顧孩子，或是兒子小腳丫跟在她身邊的想法會讓她再次上路。無論如何，孩子留在她身邊的時間太短，來不及和她一起上路。

「每當夜裡起風時，」她說：「我都會醒來，想他有沒有蓋好被子。」

她拿起黑色的提袋和毯子，像森林漫遊者般離開了，沒有表示希望再次見面，沒有道別的話。

我第一次聽到人們提起她，是在坦布勒（Temblor）。那時，我們一行人已在峭崖之間整整走了一天。厚重的白色山壁下瀰漫著海市蜃樓般的水氣，混雜著車輪揚起的蒼白厚重煙塵；熱氣蒸騰，山麓小丘彷彿全都在滑動著、閃爍著。接著我們得知，徒步旅行的女人在某個令人眩暈的昏暗地點超越了我們，繼續朝土萊爾（Tulares）徒步前進了。

我們在卡里索（Carrisal）又聽說了她經過此地的消息，然後是在阿杜比（Adobe Station），她在剪羊毛前那星期就來過了。最後我在十八哩屋匆匆看見她的身影，當時我正搭乘莫哈維驛車趕著北上。後來，幾個曾讓她留宿的牧羊人和騎術表演牛仔根據他們自己的理解，告訴我一些她的生活方式。他們說得不多，就像他們告訴她我的事一樣有限。其實他們能說的真的不多。

人們叫她徒步旅行的女人，沒人知道她的名字，但她是男人提起時會敬畏三分的人。他們當著她的面時會稱她「步行女士」，而她只在願意回應時才回應。她不知為何在我們的西部世界裡來來去去，人們從來不知道她是否有可以歇腳的庇護處所，還有，當她偶爾突然出現在我們這一區之前或之後，是不是也一直這麼堅定地走著。

她來來去去，旅行時自由無羈的空間經常為她帶來源源不絕的想法，偶爾她會侃侃而談，令人驚訝，只不過她談的不是自己，而是她的所見所聞。她想必曾經目睹某些罕見的事——人們這麼說。她經歷過馬佛里克史上最大暴風雪；在特雷斯皮諾斯看見莫雷納的屍體被送回；她也是唯一能指認德波巴因怨恨或自衛而殺了瑪麗安娜的人，只是在最需要她的時候沒人找得到她；士納威發生暴雨時，她在那裡；必要時，她對行跡追蹤、穴居等小事的要訣應該也很拿手。

光是這些就值得見她一面。不過，我想見她其實不是這個原因，而且後來真的見了面也沒談這些。首先，她是女人，年紀不大，一個人獨自在這個女人只占十五分之一人口的國度行走，在牧人帳篷裡吃飯睡覺，在只有一個人的牧場停留數日，而除了偶爾出現的勘探者或三星期抵達一次的驛馬車外，那些牧場的主人沒什麼機會與人接觸。送貨的人在炙熱的白色沙漠讓她搭便車，她就這樣踏上旅程。他們在沒有名字的十字路口讓她下車，那裡不管要去哪裡都需要好幾天的路程。她沒帶任何武器，一路上也沒遇到什麼壞人。關於這一點，我找到最好的見證者——那些男人本身就是目擊證人。我想他們會談論這件事，正是因為他們太過訝異。畢竟他們自己不會和她做相同的事。

自然以過於急切的變化破壞了邊界，像火一般永無止盡地燃燒，快速而炙熱地越過荒蕪的邊緣地帶。我對這點十分清楚，對於遺世獨立的寧靜也早就隱約懷抱著渴求，而且這渴望愈來愈強烈，難以滿足。

然而，你無法將這些和徒步旅行的女人聯想在一起。如果有人說，嚴守所謂的淑女行為規範就能免於受到冒犯，至少這個說法在這裡應該不成立。真正的情況應該是：只要在某些人眼中沒有做任何足以冒犯他人的事，你就不會受到冒犯。對當地人來說，在梅菲爾[11]足以保護自己的舉止，在馬佛里克並不適用。話說回來，帶著毯子和黑色提袋隨興而走，袋子裡幾乎沒有錢，而且在粗魯的獨居男人經常出沒的地方來來去去，我想沒有任何世俗規範會認同這是淑女的行為。

還有其他因素讓我想和徒步旅行的女人親自見上一面，其中之一就是關於她的說法的矛盾——例如她是否長得漂亮。據說她是，但也有另一種說法指她相貌平平，甚至有點醜。有人說她臉孔扭曲變形；有人說她一邊的肩膀傾斜；有人信誓旦旦說她走路時有點跛，但從她走過的路來看，她應該沒有殘疾，而且年輕。至於精神是否健全，同樣也沒人能確定。如果只從她的生活方式來看，她是不正常，或許不算絕望潦倒，但也夠荒謬了。不過她談話時充滿智慧和資訊，談起路徑和水源，和印第安人一樣可靠。

根據她自己的敘述，她是因為疾病而開始走路的。照顧失能病人多年，最後也拖垮了自己的身體，除了雙腳，沒有其他方式可以幫助她走出困境。除了那個病人的死亡，似乎還有其他事令她擔心。她一直不清楚自己究竟是什麼病，因此，很可能是心理的不健全讓她走向開闊、素樸的自然，最後由於自然巨大堅定的力量而獲得療癒。想必也就是在那時候，她遺忘了自己的

11 梅菲爾（Mayfair），倫敦的上流住宅區。

名字。我相信，她之所以從沒提過自己的名字，是因為她自己也不知道。她是徒步旅行的女人，鄉鎮裡的人叫她步行女士。我認識她的時候，儘管她留著短髮，穿著男用靴子，因為風吹日曬而滿臉灰塵和滄桑，但看起來完全正常而且甜美。

偶爾我會在牧場的農莊或路邊的車站遇到她，因而有機會和她慢慢熟識。不過，我想了解的事需要不受打擾的空閒時間，而即使有那樣的機會，我們又會聊到其他的事。

一天上午，我在小羚羊溫泉遇見她。溫泉距離大馬路大約一哩，周圍環繞著那個地區僅有的樹木。起先你會看到一池長滿暗綠色毒草的廢水，每根蘆葦在水線處都有泥白色的硬殼。隨後，斜坡上交錯出現三棵橡樹，溫泉在下方灰色泥漿裡嗚咽哭泣。那個地區所有的山都朝沙漠傾斜，背對著內華達陡峭的鋸齒形山脈，那裡的草地茂密，季節變換時變成泛白的綠色。

我騎著馬朝溫泉的窪地前進，看見徒步旅行的女人坐在草地深處，用一根木棍架起黑色提袋和毯子，放在身旁。我和她有幾次談話非常暢快，就像海市蜃樓的流水流過炎熱沙漠的藍色早晨。這天就是其中一次。

在我關於邊界居民的報導中，你看到的不只是文字，而是語言的所有意涵。語言通常只是思想的標點符號，或者是交流時如長浪般延續的沉默的浪頭。徒步旅行的女人的語言比大多數人豐富得多。

我們那天談話最大的收穫，是我從她講了一半的話中猜測她有過一個孩子。我很吃驚，然後想，為什麼我要吃驚，畢竟生育是所有經歷當中再自然不過的事。我大致說了自己的想法，還有我最不願失去的生活中的特權，她聽了後提到三件事物，它們如此珍貴，因而你知道自己會不計代價，願意捨棄一切來換取——只不過像她那樣，讓它們緊密連結、互為因果，是最理想的。當她談起這些，我確定她的臉真的有點扭曲，某種天生的歪斜或不對稱，不過那是偶爾才會出現的神情，當她在表達思想或感覺時就會消失。

徒步旅行的女人認為她最珍貴的經驗是沙暴，那發生於某年春天的蒂哈查皮山（Tehachapi）南坡。我判斷約莫也就是在那個時候，由於經歷憂慮和迷失而展開漫遊的她，開始找到自我。

那一天，她來到費隆．傑羅德的營地。當時各種跡象顯示暴風雨即將來臨，而傑羅德的牧羊夥伴三天前徒步前往莫哈維添購日用品了。傑羅德非常堅毅，精力充沛，他的眼睛帶著笑意，也因為女人而閃現光芒。每年的這個季節，白天明亮而柔和，夜晚則冷得讓人蜷縮發抖。在這樣的時節，羔羊還沒長大，無法獨立成群，一旦沙暴出現，災害難以估計。

那陣風起得迅猛，整個地面彷彿隨之傾斜滑動，在空中騰起數哩。沙暴肆虐，母羊失去了羊羔，人和狗都無法逆風前進。那個早上，地平線上全是汙濁的黃光，不到中午，羊群四散了。

「那時只有我們兩個人應付這個大麻煩，」徒步旅行的女人說：「在那之前，我還不知道自己有多麼堅強，也不知道為了重要的事而奔跑的感覺多麼美好。羊群跟著風往下走，沙子吹打在我們的臉上。我們大聲喊叫，很快就發現風把我們說的話打得支離破碎，但是我們不得不大聲呼喊。我們在昏暗的黃光和夜晚的漆黑裡不停奔跑，我知道費隆在哪裡，在羊群的另一邊，我就是知道。感覺？我能有什麼感覺？我只是知道。我和羊群一起跑，像費隆一樣驅趕牠們。

「風太強了，等我們重新聚在一起時，我們互相擁抱，喘得說不出話來。整整一天一夜，我們一邊跑，一邊隨手抓點東西吃，一直到第二天下午才從袋子裡拿出露營用具。可是我們保住了羊群。風稍微減弱的時候，我們把羊趕到一個小山丘下，讓羊羔吃奶，但牠們又被重新吹起的強風分開。我們跟在牠們身後一直追，最後又把牠們趕在一起。

「夜裡，風停了，我們輪流睡覺，至少費隆睡了一下。輪到我時，我躺在地上，和風搏鬥著。我和大地一樣疲憊。沙子塞滿毯子摺縫，我翻身時，它們又流回到地面。不過我們保住了羊群。有些母羊因為擔心風暴無法分泌奶水，小羊羔因而餓死，但我們還是保住了羊群。而且我並不覺得累。」

徒步旅行的女人伸了伸手臂，環抱著自己輕輕搖晃著，彷彿把回憶抱在胸前。

「你看，」她說：「我和男人一起工作，不需太多理由或藉口，沒有外表和感受的壓力，不用像女人工作時那樣耗費時間或不停摸索，希望一切都做到最好。費隆不會說『麻煩你或你可以做什麼嗎』這類的話。他說做什麼我就做什麼。而且我做得很棒。我們保住了羊群。」她說著，臉部又出現扭曲：「那是你可以不用顧慮那些事就可獨立完成的事之一。」

「沒錯，」我說，接著我問：「那些事是指什麼？」

「噢，」她說，彷彿這問題刺了她一下：「就是外表和感受。」

直到這時我才了解，即使她有勇氣成為徒步旅行的女人，也會有在意的事！我們坐著，看著斜坡上厚厚的草被壓過後形成的圖案，它們在炙熱的午後搖晃著，看起來就像水在安靜的野獸皮毛下流動。這世界古老的苦澀在春天裡抽泣著，低語著。

最後我說：「外表和感受會為你帶來機運。」

「是費隆帶來的。」她說，一邊微笑，一邊往下說。

那一天，風在四點左右停了，下午天氣晴朗而柔和，羊群開始吃草。他們從袋子裡拿出工具，做了飯。忙完後，費隆叼著菸斗，自顧自地繞過火堆走到她旁邊，伸展身子躺在地上。他就這樣自己走過來了，徒步旅行的女人說，聽起來就像她過去從不曾遇過這樣的事。那一瞬間，我以為她會告訴我我想知道的一件事，但是她繼續往下說，說費隆提到對她和羊群一起工作的看法。顯然，那和所有基於禮貌該說的充滿善意的話一樣，但想必還有什麼讓徒步旅行的女人如此珍惜這些話。

「我們很愉快，」她說：「不像原本以為的那麼累。費隆把頭靠在手肘上。我以前從沒注意到他的肩膀那麼寬，手臂那麼強壯。而且我們一起保住了羊群。我們的感覺就是那樣。他的肩膀朝我傾斜的角度也說明了這點。還有他的嘴、雙頰和眼睛的閃爍也是。那眼神說明了我們是同類，我們有同樣的想法。他的眼睛是平靜的水的顏色——你知道那種眼神嗎？」

「我知道。」

「風停了，整個世界都是塵土的氣息。費隆很清楚我和他一起做了些什麼，換成另一個人是不可能那麼順利的。還有那眼神。那種眼神。」

「啊！」

我一直這麼說，而且現在還要再說一次——我不知道徒步旅行的女人這時候為什麼會伸手碰觸我。也許那是對我下意識流露相同感受的回應？還是她只是自然而然透過這種方式讓我知道，那是所有不可取代的經驗當中最美好的？又或者，在那些平靜年歲裡不時出現的預視能力，讓她對我做出這溫柔的舉動？也許不是。我經常想起這件事，也想過不同的理由，但一直無法解釋，為什麼徒步旅行的女人那時會把手放在我的手臂上。

「一起工作，一起愛。」徒步旅行的女人說，隨後抽回她的手：「你已經擁有兩項最重要的事物了。至於另一項，你知道的。」

「要餵養的小嘴。」我說。

「嘴唇和手，」她說：「精力充沛的小手，小小的哭聲。」接著她不再說話。她知道我完全能理解。我們面前的土地在午後陽光下彷彿流動了起來。溫泉後方的橡樹林裡，一隻鴿子開始發出叫聲。一隻小火狐走出山丘，在池邊優雅地拍打水面。

「我和費隆一起待到秋天來臨，」她說：「我們整個夏天都待在內華達山裡，直到該向南部出發為止。那是一段美好的時光，比他期待能愛一個像我這樣的人的時間來得長。況且我們無法再繼續下去，因為我的孩子那年十月就要出生了。」

徒步旅行的女人將雙手環抱胸前，那漫遊於回憶的姿勢把該說的都說盡了。愛和工作的方式那麼多，但第一個孩子出生的方式只有一種。停了一會兒，她接著說，她不知道究竟會放棄旅行留在家裡照顧孩子，或是兒子小腳丫跟在她身邊的想法會讓她再次上路。無論如何，孩子留在她身邊的時間太短，來不及和她一起上路。

「每當夜裡起風時，」她說：「我都會醒來，想他有沒有蓋好被子。」

她拿起黑色的提袋和毯子，打算天黑前趕到道斯．帕洛斯的牧場。她像森林漫遊者般離開了，沒有表示希望再次見面，沒有道別的話。她是徒步旅行的女人。就是這樣。她已經脫離所有社會既定的價值觀，完全知道什麼時候是最好的機會，並且能好好把握。像我相信的那樣去工作，像徒步旅行的女人證明的那樣去愛，孩子也會如你預期的出現。

不過你知道，徒步旅行的女人抓住的是事物的本質，沒有任何包裝和裝飾。例如，沒有偏愛某些職業的成見。例如愛，男人的愛出現時就接受，不是只挑最好的，也不因為沒有長久承諾而拒絕。例如孩子，不論以什麼方式擁有孩子，有孩子是好事。大自然和徒步旅行的女人都這麼說。敞開心胸接受一切，不要等那麼多外在條件都成熟才行動，因為機會可能不再出現。

至少我們之中有一個人是錯的。工作，愛和養育孩子。它們聽起來再簡單不過，但我們的生活方式讓我們以為有更多更重要的事。

在遠處幽暗炎熱的山谷裡，我看見徒步旅行的女人背著毯子和黑色提袋的身影。她走路時怪異地朝一邊傾斜，彷彿全身都變形了。

我忽然想起人們說她跛足，於是跑下她走過的溫泉下方的開闊地面。在什麼都沒有的灼熱沙地上，她雙腳的腳印同樣均勻而白亮。

無界之地

作　　者　瑪麗．奧斯汀（Mary Austin）
譯　　者　馬永波、楊于軍
美術設計　莊謹銘
審譯協力　賴彥如
特約編輯　周宜靜
內頁排版　高巧怡
行銷企劃　林芳如
行銷統籌　駱漢琦
營銷總監　盧金城
業務發行　邱紹溢
業務統籌　郭其彬
副總編輯　蔣慧仙
總 編 輯　李亞南

國家圖書館出版品預行編目 (CIP) 資料
無界之地 / 瑪麗．奧斯汀 (Mary Austin) 著 ; 馬永波 , 楊于軍譯 . -- 初版 . -- 臺北市 : 果力文化 , 漫遊者 , 2017.05
223 面 ; 14.8 x 21 公分
譯自 : Lost borders
ISBN 978-986-94287-2-9(平裝)
874.57　　106005572

發 行 人　蘇拾平
出　　版　果力文化／漫遊者文化事業股份有限公司
地　　址　台北市松山區復興北路 331 號 4 樓
電　　話　（02）2715-2022
傳　　真　（02）2715-2021
讀者服務信箱　service@azothbooks.com
果力臉書　https://zh-tw.facebook.com/revealbooks
漫遊者臉書　https://zh-tw.facebook.com/azothbooks.read
發行或營運統籌　大雁文化事業股份有限公司
地　　址　台北市 105 松山區復興北路 333 號 11 樓之 4
電　　話　（02）2718-2001
劃撥帳號　50022001
戶　　名　漫遊者文化事業股份有限公司

初版一刷　2017 年 5 月
定　　價　台幣 280 元
I S B N　978-986-94287-2-9

Lost Borders (Short Stories)
by Mary Austin